El Libro de Aisha

SYLVIA AGUILAR ZÉLENY

LITERATURA RANDOM HOUSE

Papel certificado por el Forest Stewardship Council®

Penguin
Random House
Grupo Editorial

Primera edición: mayo de 2022

© 2021, Sylvia Aguilar Zéleny
© 2021, derechos de edición mundiales en lengua castellana:
Penguin Random House Grupo Editorial, S. A. de C. V., Ciudad de México
© 2022, Penguin Random House Grupo Editorial, S.A.U., Barcelona

Printed in Spain – Impreso en España

ISBN: 978-84-397-4078-0
Depósito legal: B-2.673-2022

Impreso en Prodigitalk, S. L

RH 4 0 7 8 0

Nunca nadie hizo jamás buena literatura
con historias familiares.
RICARDO PIGLIA

Yo te llevé llevaría estoy llevando
a cuestas por mi vida.
MARÍA NEGRONI

Quiero contemplar
quiero ser testigo
quiero mirarme vivir
te cedo gustosamente la responsabilidad
como un escriba
ocupa mi lugar
goza si puedes con el relevo
serás mi descendencia
mi alternativa.
La que vivió para contarlo.
CRISTINA PERI ROSSI

y, luego, volver a escribir
en el orden que conviene
el mundo que hemos aprendido
CHANTAL MAILLARD

A la memoria de Fátima Ayşe

UNO

Desde un avión nocturno, el arribo a una ciudad se adivina por las luces, las mínimas luces que se multiplican hasta formar un solo brillo. El destino se aproxima. Rostros de alivio, alegría, cansancio, indiferencia, ¿qué más se siente al llegar a una ciudad? Incertidumbre. Eso, supongo, es lo que hay en el rostro de mi hermana.

Imagino que toma la mano de Sayyib. Imagino que apunta y le explica lo que hay más allá del vidrio: ése es el estadio, aquel el centro comercial, ésa la zona industrial. Éste es un viaje importante: ella vuelve al origen, él viene a conocerlo. Cuando el avión comienza a descender se toman de la mano, cierran los ojos y murmuran la misma oración, una y otra vez, las mismas pausas, los mismos sonidos, el mismo movimiento en sus labios.

Así, así lo imagino.

Mi mente entonces reconstruye el aeropuerto. Ahí están mis padres, Isela y David, esperando ese avión, esperando a su hija mayor. La buscan en cada una de las personas alrededor. ¿Ya bajó?, ¿La ves tú?, ¿Nos pasó de largo? Su hija está frente a ellos y no la reconocen. Ver sin ver. ¿Cuánto tiempo y cuánta vida tiene que transcurrir para que los padres no reconozcan a sus hijos? Hace más de cinco años se fue con jeans, camiseta y chaqueta de piel. No, no puede ser ella, ella la del rostro tímido que se asoma desde una tela interminable; ella, la de la cabeza cubierta. No puede ser, ¿o sí?

Mi hermana se acerca, soy yo, soy yo, repite para que le crean. La abrazan como a una desconocida. No le dicen qué sienten al verla *así*. No caben las escenas, sonríen con propiedad. Ella dice les presento a Sayyib. Tratan de estrecharle la mano pero él ofrece un abrazo a cada uno: Baba, le dice a él, Anne a ella. Mi hermana les explica que eso significa padre y madre, pero también significan suegro y suegra, ¿no es maravilloso que en *nuestro* idioma se usen las mismas palabras para los dos? Mamá finge que no le molesta que *ese* hombre los llame padre y madre. Papá sólo piensa en esa última frase: *nuestro* idioma.

Imagino lo largo que debe haber sido el camino al estacionamiento. Veo a mis padres incómodos ante las miradas de la gente; los veo fingir, hacer como si no, como si al lado de ellos no estuviera una mujer cubierta de pies a cabeza. Vestida como esas mujeres que salen en documentales o películas extranjeras. Y es que ellos mismos no pueden dejar de mirarla. Es tan otra. Meten el malestar, la curiosidad o lo que sea que sienten a la cajuela, justo al lado de las maletas.

Éste es el estudio. En él habitan un sofá cama, tres lámparas, dos escritorios, un par de archiveros y varios libreros. Papá mandó hacer este espacio para que sus hijos leyéramos e hiciéramos tareas ahí. Mamá lo decoró. Con los años, este lugar se convirtió en el archivo familiar: cajones con boletas de calificaciones, actas de nacimiento, diplomas. Sobre las paredes: fotos, diplomas, dibujos, recuerdos de otro tiempo en crayola.

En una de las paredes cuelga un marco con cuatro documentos sellados por el mismo Hospital. Cada uno de ellos anuncia el nacimiento de todos nosotros. El primero dice: me llamo Patricia, nací el 21 de junio, pesé 3 kilos y medí 47 centímetros. Mi hermana Aisha antes se llamaba Patricia. Aisha era antes una simple y sencilla Patricia.

En un estante hay una hilera de fotos de bodas y bautizos. La misma iglesia. Este recorrido fotográfico inicia con una foto de bodas, le siguen bautizos y después fotos de viajes, paseos, reuniones. Me gustan especialmente los retratos de mis hermanos Edgar y Sergio, cuando los vestían iguales y nadie sabía quién era quién. Las fotos de mi hermana comienzan en blanco y negro y se van convirtiendo en coloridas imágenes con el paso del tiempo.

Muchas de estas fotos van a desaparecer a manos de Patricia, o más bien, a manos de Aisha. Y la habitación se sentirá vacía. Es aquí donde, muchos años después, yo comenzaré a buscar a mi hermana, en los estantes, en los cajones, en lo poco que ella dejó a su paso. Pero en este momento no lo sé, en este momento el estudio sólo es el lugar en el que duermo mientras mi hermana y su nuevo esposo ocupan mi habitación.

Me llamo Sylvia. Soy la menor de cuatro hermanos. Mi hermana nació en 1958. Mis dos hermanos nacieron en 1962. Yo nací en 1973. Hay una gran diferencia entre ellos y yo. Mi hermana aprendió a manejar cuando yo apenas dejaba el triciclo. Crecí viéndola irse. Yo era la nena en casa mientras ella pasaba de la secundaria a la prepa. Ella exploraba la ciudad y sus cafés y sus bares. Yo no pasaba de la cuadra de la casa. Hasta que un día se fue. Mi hermana se fue. Yo me quedé. Todos los demás nos quedamos, mamá, papá, mis hermanos. Todos nos quedamos sin ella.

Aun ahora que ha regresado, estamos sin ella. Tan sin ella.

No puedo quitarle la vista de encima. Ella habla en voz baja, largos espacios entre cada palabra, entre cada frase. ¿Por qué hablas así?, le pregunta con desenfado Edgar. Ella no contesta. Sergio entonces le pregunta qué música nueva trae, qué libros. Ella responde que nada. No más música. No más libros. ¿Ni Peter Gabriel ni los Stones, ni Banville, ni Kundera, nada? Nada, dice ella. Su voz es como de luto.

La última vez que estuvimos los cuatro en una habitación ella tenía veintiuno y un futuro por delante, mis hermanos tenían dieciocho y un futuro por delante, yo tenía siete y no pensaba ni en futuro ni en delante. Sólo veía a mi hermana y trataba de entender por qué se cubría la cabeza, por qué tenía otro nombre, por qué, por qué.

¿Tienen alguna otra pregunta?, dice. Con esa voz que, justamente, da fin a las preguntas. Yo estoy a punto de decir sí, de preguntarle por qué cambió, por qué se viste así, cómo le hace para ponerse eso en el cabello, tienes que usarlo a diario, por qué ya no tienes vellos en los brazos, en la cara, ¿tampoco en las piernas? ¿Es cierto que él se puede casar con otras mujeres? ¿Es cierto que…

Mi hermana se va con su esposo a deshacer las maletas. Nosotros nos quedamos así, deshechos. Ajenos.

Estamos en la mesa del comedor, el mismo donde celebramos cumpleaños, Navidades, tantas fiestas de fin de año. Sentados del lado derecho estamos mis hermanos y yo, mis papás, cada uno en una cabecera. Del lado izquierdo están mi hermana y Sayyib. Hay comida, platos, vasos. Una comida familiar cualquiera. Todos se sirven de esto, de aquello. Mi hermana es quien sirve a Sayyib, sólo un poco de esto, nada de aquello.

Alguien rompe el silencio y pide: Paty, platícanos de la vida allá. Ella, sin mirar a papá, sin mirar a mamá, nos dice que ya les dijo que no se llama Paty, que ese nombre ya no existe... Sayyib eligió uno para mí, un nombre especial. Mi nombre es Aisha y tiene una historia hermosa. Aisha era... ¿Cómo se pronuncia *eso*?, pregunta Sergio. Ella lo repite. Nos hace practicarlo una y otra vez como si fuéramos alumnos aprendiendo vocales y consonantes. Lo memorizamos. Ninguno de nosotros lo usará. Yo sí, yo escribiré de él, pero eso aún no lo sé. Mis hermanos le dirán oye; papá y mamá dirán hija. Yo, desde entonces, la llamo hermana. ¿Qué están arrancándote cuando te arrancan el nombre?

Yo te puse Patricia, dice papá. Sayyib murmura algo, mi hermana asiente. Seguimos comiendo en falsa normalidad. Mamá pregunta: ¿ya probaron el puré? Yo pienso en lo raro que es ver a mi hermana *así*.

La comida se extiende porque resulta necesario traducir para uno y otros. La más mínima pregunta, el más corto comentario pasa por dos idiomas. Uno de mis hermanos sugiere: sería bueno que tu marido viniera con subtítulos. Mi otro hermano ríe y dibuja un cuadro imaginario bajo el cuello de Sayyib. El chiste, una vez traducido, no es gracioso, no para Sayyib. Nada es gracioso para Sayyib. Viene a soportarnos, casi a someternos.

Mi hermana y su marido tienen miles de requisitos. Que se cubran las ventanas, que por favor no comamos esto, que no bebamos aquello, no frente a ellos, que quitemos los cuadros, que saquemos las fotos, que no se pueden recibir visitas… La respuesta al ¿por qué? siempre se repite: porque es inapropiado.

Nuestra vida es inapropiada. Se erige entonces un nuevo sistema:

Mamá: sí a todo.

Papá: silencios.

La casa no es la misma porque mi hermana no es la misma. Y la familia no es la misma.

Mi hermana pide que compremos unas gallinas para desangrarlas en el patio y que ellos puedan comer carne. Dice gallinas como si dijera jamón de pavo. Como si fuera algo que uno compra todos los días como si nada. En el patio hacemos pequeñas fiestas, sembramos plantas, tendemos la ropa, nos acostamos panza arriba a ver las nubes pero nunca, nunca, hemos matado gallinas.

Papá: nosotros ni sabemos matar gallinas.

Mamá: pero aprenderemos.

Mis hermanos: ¡zafo!

Mi hermana se cambió nombre, religión, mi hermana lo cambió todo. Mi hermana, además, reclama todo:

Hermana a mamá: nunca nos alimentaste espiritualmente.

Hermana a papá: por ti hemos crecido en el pecado.

Hermana a todos: dejen de llamarme Patricia. Mi nombre es Aisha, Aisha.

Mi hermana clava palabras como quien agujas.

Afuera se desangra una gallina, adentro una familia. ¿De qué otra manera explicarlo?

Mi hermana también abandonó su idioma. Ella y Sayyib hablan en turco entre ellos, a veces, sólo a veces se hablan en inglés. Mi hermana al principio traduce cualquier conversación entre él y nosotros. Yo también hablo inglés. Sayyib piensa que debes practicar tu inglés, así que tú nos traducirás de ahora en adelante.

Me convierto en intérprete de la familia a pesar de ser sólo una niña. Un día, por ejemplo, por hacer conversación o para entender quién es él exactamente, mamá me hace que le pregunte por su familia. Entonces, mientras él contesta, tengo que retener en mi mente nombres, oficios, profesiones y aficiones de sus padres, de sus hermanos. Luego continúa con la familia extendida y a la mitad de esa larga estela de tíos, tías, primos, tengo que detenerlo otra vez y traducirle a mi mamá, explicarle quiénes viven cerca de su familia nuclear y por qué, quiénes viven lejos y en dónde, quiénes son los que han muerto ya y de qué. Mi labor de intérprete es demasiado complicada, a una sola pregunta vienen respuestas largas que hacen curvas y frenan de pronto.

Él se burla de mi acento, dice que es de adolescente californiana. No entiendo el chiste. Tienes que deshacerte pronto de ese acento, me dice, es absurdo. Espero que mi hermana lo regañe, le ponga un alto, como hacía antes cuando mis hermanos me decían piernas de grillo, chapulín, itsy-bitsy araña, nomás para hacerme llorar. Pero no, nada.

Todos los días tengo que estar con ellos, ir y venir con ellos, subir y bajar con ellos. Estar, estar, estar. Todo-con-ellos, compras, trámites, paseos y cualquier otra cosa que se les ocurra. Mi hermana tiene prohibido hablar con hombres y, por más que pregunto, no me explica por qué, sólo dice que es así, que no puede y ya, que no voy a entenderlo. Tiene la voz pero nada más, mi hermana obedece a su esposo y al silencio porque así lo dicta esa religión que nadie en casa entiende. Pienso en religiones, en hombres como Sayyib, en dioses y en profetas, y pienso si no es que todos se aliaron contra mi hermana. Pero yo soy asistente e intérprete; me toca hacer las preguntas y entregar las respuestas. Me vuelvo su propiedad. Es incómodo llegar a oficinas, consultorios o bancos con un hombre que parece que nació de mal humor y una mujer cubierta toda.

La gente nos mira, bueno, los miran a ellos, pero soy yo la que se siente avergonzada.

Los vecinos la observan extrañados en sus pocas entradas o salidas de la casa. Hablan de ella, dicen ¡qué locura adoptar *esa* religión! Qué difícil debe ser para su mamá. Si fue ella quien le dio rienda suelta. Si se tratara de mi hija yo...

Por supuesto, cuando se topan a mamá por las mañanas, mientras saca la basura, le dicen: qué feliz debes estar con Patricia aquí, después de tantos años. Ella contesta que sí, que muy contenta, que su yerno es formidable. Que gracias, que les dará sus saludos.

Mamá no les dirá que esta visita sólo ha traído dolores de cabeza, eso por decir poco. No les dirá que ha perdido el mandato de su cocina. Tampoco les platicará que en su patio se desangran gallinas, que tiene el congelador lleno del cordero que compraron vivo y que filetearon en una granja. No les dirá que ha tenido que guardar todas las fotografías familiares y que no puede, en definitiva, recibir visitas de ningún tipo. Mamá sólo saca la basura de la casa. La basura de la *familia*.

A las seis de la mañana, mientras me preparo para irme a la escuela, mi hermana se levanta, me acompaña a desayunar. Estoy desenredándome el cabello, ella toma el cepillo y termina haciéndolo por mí. Como antes. Pasa el cepillo y luego su mano, el cepillo y su mano. Su mano. Es una caricia. Tomo valor y le pregunto por qué cubre el suyo. Su explicación es larga y bella, es casi una historia de amor. Le pido que me lo muestre, un poquito nada más. Un mechón y ya. Sonríe y me dice: otro día.

Ese día, en la escuela, platico con mi maestra de sociales, que es mi confidente desde que mi hermana llegó. Ella dice que en realidad las musulmanas sí pueden mostrarse el cabello, al menos entre mujeres. ¿Y por qué mi hermana no?, le pregunto. Eso sólo puede contestarlo ella.

Paso el día en la escuela queriendo estar en casa. Quiero llegar y decirle lo que la maestra me dijo, que por favor por favor por favor me muestre su cabello porque como soy mujer yo sí lo puedo ver. Quiero que me diga cómo hace para ponerse *eso* en la cabeza. Que me lo ponga, sí, quiero que me lo ponga.

Pero cuando llego a casa mamá me dice que se han ido. ¿Cómo así? ¿Por qué no me lo dijo en la mañana? Corro al cuarto para ver si es en serio, pero sus cosas están ahí. ¿A dónde fueron? Mi mamá mientras abre las ventanas de par en par me dice: se fueron a Arizona, Sayibb tiene entrevistas de trabajo y ojalá se tarden mucho. Un sol radiante entra en la casa. Me doy cuenta entonces que llevábamos semanas a oscuras.

Un par de años antes, cuando mi hermana ya no vivía con nosotros, mis amigas de la cuadra comenzaron a ir a catecismo. Pedí permiso para ir con ellas, para yo también hacer la primera comunión. Lo anuncié con la misma seguridad que mi hermana utilizaría al decirnos que tenía un nuevo nombre.

Les dije que tenía curiosidad, mucha curiosidad, que quería saber de Dios, de Jesucristo y, especialmente, del Espíritu Santo, personajes todos de los que me habían hablado mis amigas. Seres poderosos a los que la gente les reza.

Tanto mi padre como mi madre dijeron que no, mis dos hermanos se cagaron de la risa. ¿Ves por qué no nos gusta que te juntes con ellas? Lo que les meten en la cabeza desde chiquitas. Tienes que entender que ahorita no. No y no, no puedes ir a catecismo.

Me quedé con las ganas de conocer al Espíritu Santo.

Aprovecho que mi hermana y su esposo están de viaje para meterme en su cuarto y buscar su libro sagrado. Leo un par de páginas y la curiosidad vuelve. ¿Qué diferencias habrá entre Mahoma y Jesús? ¿Tendrán ellos también un espíritu santo? ¿Qué se sentirá creer en alguien todopoderoso?

Así que mientras le ayudo a mi mamá a acomodar el mandado, hago un segundo intento: ¿puedo ir a catecismo? Ya sé que estoy grande, pero creo que quiero aprender más y hacer la primera comunión. Se le cae la bolsa de naranjas. Antes de que yo pueda agacharme a recogerlas, mamá, que nunca me había alzado la mano, me sacude diciéndome que no. No señorita, usted no puede meterse a la iglesia, ¿cómo se te ocurre?, ¿me quieren volver loca tú y tu hermana? Le digo que no es igual, pero mi mamá no entiende razones. De nuevo pienso en religiones, hombres, dioses y profetas.

Me corre de la cocina, pero no logra sacudir mi curiosidad. Será mi curiosidad o mi necesidad de encontrar algo lo que habrá de llevarme, eventualmente, por el camino de la escritura.

A su regreso de Arizona, las discusiones se acumularon en la familia. Mi hermana y mi papá. Mi mamá y mi papá. Mi hermana y su esposo. La peor vino esa noche. Gritos en la habitación de ellos. El idioma en el que hablan me suena a insulto, a rabia pura. Mis hermanos no están. Papá se encerró en su cuarto. Sólo mamá está pendiente en el pasillo. Su oreja pegada a la puerta. Me manda al estudio, pero desde ahí observo y escucho.

El silencio llega de pronto con un golpe seco.

El llanto de mi hermana.

La puerta se abre. Sayyib sale y señala a mi madre, le dice algo a mi hermana. Es como si dijera: mírala, está ahí, mírala, está espiándonos. Mamá dice: hijita, ¿estás bien? Sayyib grita, señala, grita y grita y grita. Mi hermana entonces sale como un animalito con miedo que conforme avanza, crece, se vuelve grande. Es una fiera. Mi hermana le reclama a mamá su casa, su comida, sus hábitos, su espiar. Papá se une a la escena y de pronto todo son palabras, amenazas, gritos y, por supuesto, portazos.

Mi hermana anuncia que se marcharán, que ya no pueden estar ahí, éste no es lugar para nosotros. Veo su rostro, descubro una pequeña gran mancha en su mejilla. ¿Nadie va a decir nada de *eso*? No, nadie va a decir nada.

De nuevo: religión, hombre, dios, profeta.

Mi hermana y su esposo se van ya. Mamá y yo somos las únicas en despedirse. Nunca el camino de casa al aeropuerto había sido tan largo, ni los abrazos de despedida tan cortos. De regreso le quiero hacer una y mil preguntas a mi mamá, pero no me atrevo. Nunca me atrevo a nada.

Mamá llora. Prende el radio. Dice, entre dientes, Patricia.

A partir de ese día su nombre se pronunciará menos y menos.

Desaparecerá.

No habrá cartas, postales ni llamadas. No sabremos nada de ella.

Mi hermana desaparecerá.

DOS

Lo que dice papá:

Fue por tu abuelita que le pusimos Patricia. Era lo menos que podíamos hacer. Tu abuelita nos ayudó tanto cuando nos casamos.

Patricia era sus ojos, imagínate: la primera nieta.

Es mejor ser abuela que ser mamá, cuando se ponen latosos se regresan con los padres y ya, nos repetía. La cuidó hasta que entró al jardín de niños. Incluso entonces era tu abuelita quien la recogía y la cuidaba hasta que tu mamá o yo salíamos de trabajar. ¿Juntas de padres de familia? Tu abuela era la que asistía. ¿Pasteles por el Día del Niño? Tu abuela los preparaba. ¿Disfraz para el festival de primavera? Tu abuela, siempre tu abuela.

La cajetilla ha quedado vacía. Papá la arruga, la avienta hacia el basurero. Falla. Bueno, ¿y por qué quieres saber todo esto?

No sé, le digo, no sé.

Lo que dice la abuela, del lado de papá:

De pequeña, como cualquier niña de su edad, mi Paty jugaba a la mamá, acomodaba en hilera las macetas del patio y les decía que se portaran bien mientras ella iba al mandado. Se metía en la cocina y al volver les preguntaba ¿a ver, quién se movió?

Andaba conmigo de arriba para abajo. Iba conmigo al mercado, a la carnicería, a la tortillería, ay, y me hacía abrir el paquete de papel porque siempre quería una, una tortillita para el camino, Abue, me decía.

Lloraba cuando perdía el zapato de una muñeca, cuando la bola de nieve se le caía del cono, renegaba cuando al peinarla le jalaban el cabello. Reía cuando le hacían cosquillas o la cargaban en hombros, cuando alguien se echaba un pedo o escuchaba una mala palabra. Se deslumbraba con las historias del rey Arturo y los caballeros de la mesa redonda, con Juana de Arco y, claro, con la Pequeña Lulú.

¿Tú te acuerdas de la Pequeña Lulú?

Lo que dice la abuela, del lado de mamá:

Estaba loca cuando nacieron tus hermanos. Yo tuve dos bebés al mismo tiempo, presumía al referirse a ellos.

Se asomaba de puntillas en la cuna y preguntaba cuándo iba a poder cargarlos, cuál iba a ser el suyo y cuál de tu mamá. Todo mundo pensaba que se pondría celosa, había estado sola tanto tiempo y estaba tan consentida, especialmente por tu otra abuela, pero no fue así. Prefería quedarse en casa con sus hermanitos que salir al patio con las niñas de su edad. A veces, jugaba a que ambos eran sus bebés. Le gustaba ser la mayor. Cuántas veces se peleó en la escuela para defenderlos por esto o por aquello. Muchas veces cubrió sus travesuras. Muchas, muchas veces, al revés, los culpó de sus travesuras.

La abuela se pierde en la memoria. Luego me mira y me pregunta: oye, pero no me dijiste, ¿ya comiste algo o no? Te preparo algo, ¿qué se te antoja?

Lo que dice mamá:

Si me preguntas, yo diría que el descontrol vino entre la preparatoria y la universidad. La casa era un campo de batalla diario, época de berrinches, gritos, de ustedes no me entienden. A eso hay que agregar que comenzaron los días de los paros, las huelgas, las protestas en rectoría, los días en que hasta oír el teléfono daba temor. Me preocupaba el dónde, el cuándo y con quién. Yo vivía preocupada, con todo lo que se veía en las noticias sólo esperaba que esos días acabaran.

De pequeña decía: cuando sea grande me casaré con un chino y me iré lejos. Nos daba mucha risa. Lo que son las cosas, terminó casándose con un extranjero —que de puro milagro no fue chino— y que, en efecto, la llevó lejos.

Ese hombre cambió su vida y también la nuestra. No te niego, fue una impresión verla vestida así cuando volvió a casa. Todo era tan extraño. Pero quería respetar sus decisiones por miedo a alejarla. Miedo a perderla, mamá, miedo a perderla, quiero decirle.

Mamá vuelve sus ojos a la mesa, luego mira a su alrededor como si buscara algo. No. Como si buscara a la hija que ya sabe que no está aquí.

Mamá suspira. Toma una vez más la taza donde hace rato que ya no hay café.

Bebe aire. Mi mamá bebe aire. Parece que quiere agregar algo más y se contiene. Entonces me dice, con la sola mirada, que ya no quiere hablar. Apago mi grabadora y la dejo.

Necesita aire, mi madre necesita aire.

Lo que dice la red:

Análisis del nombre Patricia
Naturaleza Emotiva:
Todo lo aprovecha. Se expresa por medio del método, la ejecución y la jerarquía. Ama lo sólido, lo que crece y lo protege. Le gusta sentirse segura.

Naturaleza Expresiva:
Se amolda a todo. Se expresa en la jovialidad, la amenidad y la prodigalidad. Ama la dignidad y el renombre, lo bello, lo que crece y engrandece.

Talento Natural:
Es mente de pensamiento deductivo. Se expresa como pensador independiente, con autoridad y lealtad, generalmente en actividades exclusivas, más dependiente de la intuición que de la razón. Ama lo complejo y lo elevado, lo que se siente y lo que se presiente. Podría destacar en profesiones como científica, profesora, ocultista, escritora, horticultora, inventora, abogada, actriz, analista o líder religioso.

Lo que digo yo:

Patricia significa una niña que en los viajes largos se entretenía buscándole forma a las montañas, que eran castillos, niños echados sobre la arena, gatos sin cola. Patricia significa, también, una niña cuyo llanto sólo podía ser tranquilizado por el ya, ya, ya, de su abuela. Yaya fue una de las primeras palabras que pronunció, pensaba que era su nombre. Yaya está triste, decía, y se señalaba a sí misma para pedir consuelo por la muñeca perdida, por el juguete roto.

Patricia, una niña que tomaba un palo, una roca o algo antes de llegar a casa y lo hacía chocar por los barrotes del barandal; si estaba de buen humor corría y el golpeteo era veloz, si estaba enojada o triste el golpeteo era como un latido lento, el corazón de un viejo.

Patricia es el origen de muchas preguntas, las maestras preferían entretenerla pasando lista o nombrándola jefa de grupo. Patricia, una jovencita que se rizaba un mechón de cabello con un dedo cuando leía el momento más emocionante en un libro. Patricia, una mujer con decisiones que encendían en llamarada. Patricia, una mujer que creía que el mundo se podía cambiar. ¿Por qué no hay diosas alabadas por millones? Profeta, mi hermana pudo haber sido profeta.

A las profetas y a las hermanas poco se les conoce.

Lo que dicen mis hermanos:

Enciendo la grabadora y les pido que me cuenten un poco de Patricia, pero ni siquiera termino de hacer la pregunta.

—La verdad es que tenía un carácter de la chingada.

—Sí, de la CHIN-GA-DA.

—En cuanto tuvo oportunidad...

—Agarró maletas y pasaporte.

—Su partida dejó en silencio a los señores.

Así es como mis hermanos llaman a nuestros padres, "los señores". A mamá le hace gracia, a papá ninguna. Que les guste o no es algo que a mis hermanos poco les importa. Los grabo y tomo nota, estamos en la barbería, el mismo lugar donde les han cortado el cabello desde niños.

—Yo digo que su partida hizo irreversible un silencio que ya conocíamos.

—De todos, ella había sido siempre la mejor portada, la estudiosa, la clásica hija...

—De la chingada.

—No, de maestra, la clásica hija de maestra.

—Y de la chingada.

—Es que siempre buscaba la perfección.

—Como que siempre esperaba una estrellita dorada en la frente por todas sus acciones.

—Nosotros nunca tuvimos ese síntoma.

—Tampoco tú, ¿o sí?

Les digo que no con la cabeza, pero sé bien que sí, que lo tuve, lo tengo. El síntoma, que yo llamo síndrome, no se va fácil. Esa constante búsqueda de validación.

—Hubo una época en que se ponía de malas por cualquier cosa.

—Era gritona, intolerante…

—Si se lo proponía podía ser buena onda. Acuérdate que nos enseñó a manejar.

—Tú acuérdate de cómo nos maltrató mientras lo intentaba.

—Ella nos enseñó a escuchar y pronunciar Emerson, Lake and Palmer

—A beber cerveza y a leer a Kundera.

—Se fue de casa a los veintidós años.

¿No fue a los veinticuatro?, pregunto. Sergio deja su lugar al lado de mí y se mueve al sillón contiguo al de Edgar, pasa un peine por su cabello, luego por sus pobladas cejas. Don Luis le pregunta, ¿quieres que mi mujer te depile las cejas? Para que te veas más guapo. Mi hermano le contesta muy seguro de sí: don Luis, si mis cejas son la clave de mi guapura. Todos reímos. Luego es Edgar quien retoma la conversación.

—Los primeros meses escribía mucho, en sus cartas platicaba que Europa era un terreno brillante y estupendo.

—Luego compró una cámara.

—Y poco a poco, sus fotos comenzaron a acompañar las postales.

—Decía que las fotos eran "una prolongación de la vida".

—Ajá. Es que las imágenes son la frontera entre el sueño y la realidad, entre la palabra y el silencio, el todo desde el uno.

—¿Qué chingados quieres decir con eso?

—No sé, se me ocurrió.

Don Luis le entrega un espejo a Edgar y gira el sillón para que pueda revisar su corte, mi hermano asiente. Se quita la manta y se levanta. Sergio automáticamente toma el lugar.

—A papá le parecían absurdas sus fotos, decía: ¿quién saca ocho fotos de una banca vieja?

—Deben estar por ahí.

—Nel, seguro se deshizo de ellas.

—Es que, te digo, siempre le parecieron absurdas. Dinero tirado a la basura, repetía.

—Había periodos en que escribía poco.

—De pronto, una que otra llamada.

—Nosotros no hablábamos con ella, generalmente las llamadas eran para mamá. Ella era la que reportaba, tu hermana anda haciendo esto, tu hermana tiene que terminar aquello, tu hermana dice que...

—Pasamos tres semanas con ella, nos enviaron a pasar un verano allá.

—Fue la mejor época probablemente. Después de los paseos turísticos: parques-puentes-iglesias-museos, nos metíamos en algún pub y tomábamos cerveza hasta morir.

—Un par de semanas después de nuestro regreso fue que conoció a Sayyib. Lo más raro es que nosotros pensábamos que ella se traía algo con un jamaiquino que vivía en su pensión.

—Se dice jamaicano.

—¿Cómo se va a decir jamaicano? El punto es que un día llamó y le dijo a mamá que se casó, así nomás. No dijo algo como, me voy a casar o me quiero casar, bueno, ni siquiera un conocí a alguien y me enamoré.

—Nada. Sólo así: me casé.

—Y pues mamá sólo lloraba y lloraba, no podía creerlo.

—Ah, pero luego a sus amigas les presumía que su hija se había casado en Europa. Bien acá.

—Estuvo mucho tiempo sin escribir. Cuando lo hacía, las cosas que decía... ¿cómo explicarte? Era como otra persona y no nuestra hermana. Ya no hablaba de sus paseos, de sus descubrimientos. Mucho menos de la cerveza inglesa. Hablaba del Ser Supremo y El poder máximo de la oración.

—Y de cómo la vida del mundo occidental deforma a la gente.

—Cuando la volvimos a ver era otra.

—Totalmente otra.

—¿Te acuerdas cuando mamá la sorprendió rompiendo las fotos familiares en las que ella aparecía?

—Sí, no mames, prácticamente acabó con su rastro. Quedaron algunas fotos. Es lo último de ella en casa.

Los escucho, toman turnos para contar detalles de ese día. Los oigo, veo todo de nuevo y, al mismo tiempo, es como si me enterara de esto por primera vez.

Don Luis también ha estado escuchando y, por el modo en que pone las manos en los hombros de Sergio, sé que entiende, incluso más que nosotros. Listo, dice eventualmente. Mientras mis hermanos pagan en la caja, yo veo a don Luis barrer los restos. Nuestros restos.

Lo que se cuenta por ahí:

Cuando tu mamá fue a hacer la cita para la operación de su vesícula preguntó si podía, al mismo tiempo, aprovechar la cirugía para hacerse otra y no tener más hijos.

Tu papá le reclamó: ¿y yo no tengo voto en esto? No imagino la cara que puso el doctor. Pero a ella la veo dándole una serie de argumentos para mostrar que ya no estaba en edad para la maternidad. Pobre doctor, testigo de tan incómoda conversación. Doctores, esposos, dioses, profetas...

Mira, yo creo que fue así: Edgar los escuchó hablar y le dijo a Sergio, Sergio le dijo a Patricia. El asunto se volvió algo familiar. Papá y tus tres hermanos casi adolescentes pasaron días tratando de convencerla de tener un hijo más.

Sí, fue Patricia.

Ajá, fue tu hermana la que dijo: una niña, mamá, necesitamos una niña, nos vendría bien para contrarrestar a estos neandertales con los que vivimos. Tu mamá, ¿o fue tu papá?, le preguntó: ¿y si es niño? Y tu hermana, sin darse por vencida, dijo, va a ser niña.

Sin saberlo, mi hermana escribió mi destino. ¿Será mi turno escribir el de ella?

Mi hermana fue quien decidió mi nombre, tenía catorce años cuando cargó a una bebé de tres kilos y nosécuántos centímetros.

Yo fui la última muñeca con la que jugó.

Lo que dicen las fotos:

Están todos ahí. Edgar al lado de papá, Sergio agachado, buscando sombra. La hija más pequeña en brazos de mamá, Patricia al final. Todos miran a la cámara. Todos excepto la niña. Sus ojos están en otro lugar, está en otro lugar. La foto fue tomada en algún momento a mediados o finales de los setenta, porque ahí está el Volare de papá. Ese amado carro quedará hecho pedazos porque Patricia, Edgar y Sergio lo chocarán entraditos los años ochenta.

Nadie sonríe. Nadie muestra lo mejor de la familia a la cámara, a la vida. Es interesante preguntarse por qué. Tal vez acaban de salir de una pelea que ya nadie recuerda ni cómo empezó, porque quién recuerda cómo se inician las peleas en una familia.

Después de la foto cada quien se fue a lo suyo. Mamá a la casa, papá a limpiar su carro. Edgar y Sergio directo a la calle. Patricia se acercó al fotógrafo, que era el novio del mes, diría papá. Le quitó la cámara. Le dio un beso, un beso largo, un beso que sólo la hermana menor observó.

Lo que digo yo:

No recuerdo que hayamos sido muy unidas, aunque con frecuencia escucho historias de cómo ella me traía de arriba para abajo, de cómo me cuidaba y consentía.

Fuiste su última muñeca, dice aún mi mamá.

Los lazos entre nosotras se hicieron fuertes justo cuando ella dejó de vivir aquí. Cuando recién se fue, cuando todavía no conocía a Sayibb, me escribía dos o tres cartas por mes, yo le contestaba con tres, cuatro o hasta cinco.

Nunca he vuelto a escribir tanto.

Siempre iniciaba describiendo el lugar desde donde escribía. Estoy en una biblioteca que ha sobrevivido dos guerras y a miles de estudiantes entrometidos. Ésta es la mejor banca del parque, desde aquí se pueden ver las casas que pertenecieron a la alta sociedad del siglo XVIII y que es igual a la del siglo XX. El café desde el que te escribo parece una casa que a regañadientes acepta convertirse en negocio y dejar de ser hogar. Luego me hacía un resumen de sus actividades, un retrato de sus amigos, sus compañeros, sus maestros. También me hablaba de sus viajes.

Conocí mundo y gente a través de su escritura. Entre nosotras había kilómetros y años. La escritura lo acortaba todo, con nuestra correspondencia compartíamos lo que éramos: yo, una adolescente aguerrida; ella, una mujer en búsqueda.

Pero las cartas eran sólo cartas. Había momentos en que yo necesitaba más que eso.

Viví la adolescencia al mismo tiempo que mi madre la menopausia. Me daba por pensar que si mi hermana estuviera aquí nada malo ocurriría, ella me daría consejos o apaciguaría a mamá. Juntas: una alianza. Tardé mucho en entender que hay caminos sin alianzas. Una es su alianza.

Me emocionaba la idea de su regreso, me imaginaba que pasaríamos tiempo juntas, que iríamos de compras mientras su esposo y mis hermanos veían el futbol. Cocinaríamos para todos como cuando ella era adolescente y yo una niña. No sé, pensaba en cosas que hacen los esposos, los hermanos y las mujeres.

Cuando meses o años después retomó la correspondencia, las cosas ya no eran iguales, sus cartas ya no eran iguales.

Nosotras ya no éramos iguales.

Lo que dice su mejor amiga:

Creo que Paty y yo nos habíamos visto en los pasillos de la universidad, pero no nos hicimos amigas hasta que coincidimos en el consejo universitario. Compartíamos tres cosas: deseos de cambiar al mundo, diecinueve años y una ingenuidad increíble.

Juntas nos encargábamos del boletín y de repartirlo por aquí y por allá. Queríamos que nos tomaran en serio. Comenzamos escuchando, escuchando. Hasta que poco a poco aprendimos a ser escuchadas.

Para el tercer año de la carrera ya habíamos hecho un grupo suficientemente grande para tomar rectoría. Nos sacaron con violencia. Recuerdo empujones y fuerza. Insultos, piedras. Corrimos sin mirar atrás. Escapábamos del miedo que embiste. Ese miedo que se te mete en el cuerpo y te lastima. Hay cicatrices que nada borran.

Nuestras familias ignoraban esto, claro. Las llegadas tarde eran porque estábamos haciendo tarea, estudiando para un examen. Hasta que descubrieron volantes, fotos en un periódico, moretones. Comenzaron las preguntas, las preocupaciones, los regaños y las prohibiciones. Medíamos fuerzas con nuestras madres. Se trataba de ver quién podía más. Se trataba de ganar territorio. De derribar a la otra. No me sorprendería que tu mamá o la mía dijeran ahora lo contrario.

Hubo que buscar formas para salir, llegamos a un acuerdo con tus hermanos. Salíamos de tu casa Edgar, Sergio, Paty y yo; una vez fuera, nos dividíamos: ellos a su desmadre, nosotras al nuestro. Acordábamos lugar y hora, me dejaban en mi casa y los tres llegaban juntos como si nada. Un par de veces nos acompañaron, también les tocó correr y esquivar piedras, levantar puños e insultar. Ella decía algo que en ocasiones uso en mis clases: a veces hay que crecer a escondidas. Creo que así lo hicimos. Terminamos la escuela, llegaron las oportunidades y las dificultades. Los empleos de poco sueldo para mí. La beca y el primer viaje para ella. Se fue y yo me quedé a recibir mi carta de pasante con tres meses de embarazo. Cuando nos despedimos me dijo: no vayas a tener a tu hijo en la biblioteca, cabrona. Me abrazó, me tomó de los hombros y agregó: primero acaba la tesis, luego acomoda los pañales.

Me escribía, sí.

En sus primeras cartas me platicaba maravillas de la ciudad y del campus, de sus peripecias con el idioma y de lo feliz que estaba en el programa de maestría. Luego me contaba de tener nuevos amigos, conversaciones en los pasillos, discusiones inteligentes en las aulas. Pasaron los años y luego ya hablaba del doctorado.

La envidiaba tanto.

Luego, menos y menos cartas. Era de esperarse, ella tenía otra vida allá. La mía no había cambiado. De pronto volvió a escribir, cartas tristes, cartas grises, comencé a preocuparme. Ella decía sentirse nada, venirse abajo, creerse una gota más en una ciudad donde nunca deja de llover. Yo le escribía, trataba de subirle el ánimo, pero sus respuestas tenían cada vez un tono más amargo. Le hablaba cuando podía, pero pronto mi discurso de apoyo se fue convirtiendo en un reclamo, una vez terminé diciéndole que se dejara de pendejadas. Y es que me parecía el colmo que se quejara de vivir sola en otro país mientras yo seguía en casa de mis padres, maestra de una prepa abierta, sin futuro y con el clima más árido del mundo.

Dejamos de escribirnos.

Comenzó a existir realmente la distancia. Me pareció natural. A veces pienso en esos días. Días revolucionarios, de debates, cafés a media noche, borracheras en estacionamientos, marchas frente a la universidad, las pintas de ¡fuera rector! Días en que ambas nos sentíamos libres y vivas.

Libres y vivas.

Lo que dice su exnovio:

Vaya, hace tiempo que no me preguntaban por ella. Ni siquiera sé cómo empezar.

La prepa. Sí, todo inició en la prepa.

Ahí nos conocimos y ahí nos hicimos novios.

Juntos aprendimos a cabalgar calles, a hacer amigos, a descubrir buena música.

Oíamos a Santana, a Pink Floyd, a Bread.

Bailábamos a Donna Summer en las fiestas.

El verano era para nadar. Fines de semana en las albercas con sus hermanos, con los amigos, teníamos suerte si podíamos ir solos. Verla nadar en el mar era increíble, una brazada tras otra, con suavidad, sin miedo. Hermosa.

Ésa era la época del cine de permanencia voluntaria.

Vimos *Castillos de hielo* no sé cuántas veces.

Ella siempre lloraba, yo le decía: aun ciega, esa güera tiene las mejores piernas. ¡Cómo se enojaba!

Las películas de rubias patinadoras que se volvían ciegas pasaron a otro nivel cuando entramos a la universidad.

Teníamos largas sesiones de Fellini, de Allen. Discutíamos libros de filósofos, educadores, escritores.

Hablábamos de viajar a Europa mientras bebíamos cerveza barata. ¿Cuántas veces le sostuve el cabello o la bolsa para que vomitara todo lo bebido en una noche?

Luego llegó Marx. Y con él, la vida en el Consejo, dejé de verla porque siempre había algo que hacer, una junta, una lectura, algo:

La huelga estudiantil.

La fuerza estudiantil.

La vida estudiantil.

Pero a todo eso yo no pertenecía y, para bien o para mal, era algo a lo que yo no quería pertenecer.

Alguna vez le sané una rodilla raspada, la escondí en el cubículo de los maestros, la acompañé cuando se sentía enojada y enardecida por esto o por aquello.

Tus padres me aceptaban, supongo que era el novio ideal. Tu mamá me dijo que sólo yo podía sacarla de todo eso, lo que ella no sabía era que en eso no me importaba que estuviera, para mí lo único era besarla y tocarla bajo la falda.

Nos separamos y no la volví a ver.

No sé cuántas veces le dije Patricia a las novias que tuve después.

Patricia.
Patricia.

Lo que dice su excasera:

Se llama Lilian Penson Hall. Los cuartos son pequeños, con baño propio y ventanas al barrio más antiguo de la ciudad. El alquiler incluye comidas. Hay estudiantes de otros países que... sí, ya sé, sí oí tu pregunta, pero todo es siempre oportunidad de negocio. No me faltan clientes, pero un poco de promoción nunca está de más. Te decía, aquí habitan estudiantes de todo el mundo, chicos y chicas que como tu hermana, van y vienen. Claro que me acuerdo bien de ella, a mí nadie se me borra. Me sé el nombre de todos los que han pasado por aquí. Tengo tantas historias sobre mis pensionados que podría escribir un libro, como tú. Porque, ¿eso estás haciendo, no? Para eso es esta entrevista, ¿verdad?

Oye, ¿sí me estás grabando?

Por las dudas también toma notas.

Aunque todos mis inquilinos tienen un lugar en mi corazón, el de tu hermana es un caso especial. Sí, claro, porque era latinoamericana, como yo, pero también porque me despertaba ternura. Le costó mucho hacer amigos, sabía bastante inglés, pero se notaba que se sentía incómoda. Era como ver a una niña caminando con los zapatos de su mamá.

Luego fue creando lazos fuertes con la chica de Bolivia, el chico de Jamaica, la pareja de españolas. Lazos que, sin embargo, abandonó con facilidad después.

Sí, cuando lo conoció a él.

No, él no vivía aquí. Uy, ése no hubiera sobrevivido ni un día en mi pensión. Pues porque yo he hecho de este un hogar y, como en todo hogar, hay fiestas, riñas, desmadre del bueno. Tenemos noches de póquer, noches de conciertos en la pantalla grande, fiestas de disfraces. Claro, a veces hay que marcar límites, pero en general he tratado de que éste no se sienta como dormitorio militar, sino como lo más parecido a una casa familiar. Es que está cabrón venirse a estudiar acá, con este clima y esta gente, y mira que yo ya tengo muchos años aquí y soy residente legal, pero nunca me voy a acostumbrar a la frialdad, por eso ejerzo ternura y calidez. Es más, hasta para insultarlos soy amable.

Tu hermana te extrañaba mucho, ¿sabes? Hablaba de todos en tu familia, pero más de ti. Oye, ¿tus hermanos cómo están? Ese par era una bomba. Se la vivieron borrachos aquí. Me cayeron bien. Me quedé con ganas de conocerte, ella se moría porque te dejaran venir una temporada a vivir con ella y a aprender inglés. A tomar cerveza tibia, eso hubieras aprendido, como todos aquí.

La visita de tus hermanos le hizo bien, antes de eso había estado con una depresión tremenda. Entre las clases y el trabajo... Sí, parte de su beca implicaba que trabajara para un profesor y ese tipo exprimía cada minuto de su tiempo. Pero te digo que la escuela, el trabajo y un poco la soledad, supongo, o el clima, este pinche clima, la tenían muy triste. Yo la entendía, a mí me pasó igual cuando recién me vine a vivir aquí.

Yo le sugería que fuera a consejería ahí en la universidad, porque decía que sentía que la vida en esta ciudad la tomaba por el cuello. Yo le repetía que era parte del proceso de adaptación. Pero no me escuchó, ocupaba demasiado tiempo pensando, yendo de la pensión a la universidad y al revés. Metida en su cuarto, atrapada en libros, revistas, archivos, números.

Te digo, la visita de tus hermanos le ayudó, pero en cuanto se fueron se vino otra vez abajo. Así que le sugerí aprovechar lo que quedaba del verano y viajar. Agarra tu mochila, le dije, date el tour europeo. Le conseguí hospedaje baratísimo en Escocia y en Irlanda. El resto ya lo resolvió ella. Tomó montones de fotos, por ahí debo tener algunas guardadas todavía.

Volvió como nueva para el semestre. Y no se quedaba aquí los fines de semana, se organizaba viajecitos por aquí y por allá con otros inquilinos.

Me mandaba postales, qué risa, siempre llegaba ella antes que la postal. Yo le decía: Patricia, ¿adivina quién me escribió desde Bath? Y ella me contestaba: no me digas, la estudiante extranjera que todavía confunde el océano Atlántico con el Pacífico y el norte con el sur.

Así que uno de esos viajes la llevaron a los brazos de Sayyib.

No podría explicarte cómo, pero cuando los vi juntos la primera vez, sentí algo. Capaz que era sólo prejuicio, el mío. Y no creas, aunque yo entendía bien mi lugar y no era nadie para meter mi cucharota, traté de advertirle a Patricia que se anduviera despacio, que fuera cuidadosa, que lo conociera bien. Pero resultó que él tan encantador, creo que yo misma caí en sus redes. Amable, respetuoso. No bebía, no fumaba, no se quedaba a dormir con ella.

Tu hermana estaba enamorada. Y es que él la adoraba, era hermoso ver la forma en que le acariciaba a mejilla cuando ella hablaba, la atención que prestaba a las inquietudes de Patricia. Sayibb era un gran conversador, podía pasar horas contándole historias sobre el Imperio otomano. Actuaba batallas, cantaba viejas baladas, recitaba de memoria fragmentos de poesía sufí. Lo sé porque lo hacía en la sala comunal, sin importar quién estuviera.

Mira, yo no tengo nada en contra de la gente religiosa, pero cuando las narraciones históricas se fueron volviendo capítulos del Corán, comencé a alarmarme. Ella, por supuesto, me ignoró por completo. Así nos ponemos cuando estamos enamoradas, protegemos lo nuestro como leonas. Si no lo sabré yo que he tenido tres maridos, uno tan bueno para nada como el otro.

Ni a mi madre le permito que se meta en mi vida, me contestó. Muchas veces me pregunto si debí haber llamado a tus padres, pero no, simplemente no me atreví. Yo, a fin de cuentas, sólo era Lilian, la de la pensión.

A él comenzó a disgustarle este lugar, decía que todos bebían, que había demasiados excesos, que era el centro de los pecados. Y sí, ja ja. Se la llevó en cuanto pudo. Fue de un día para otro. Se casaron para vivir juntos, sí. Pero se casaron porque no se imaginaban separados. Te digo que sólo bastaba verlos para entender que se pertenecían el uno al otro.

Patricia ni siquiera se despidió, dejó más de la mitad de sus cosas. Yo las guardé un tiempo; en mi cabeza eso no duraría y ella regresaría. Pero no ocurrió.

Sí, fui yo quien les envió sus cosas, lo que tu hermana dejó en su cuarto cuando abandonó la pensión. Si hubiera sido uno de esos pensionados que se van sin pagar el mes, hubiera donado todo. Pero no sé, me puse en el lugar de tus papás y mandé la caja. Mandarla era fácil, recibirla seguro que no.

Lo que dice papá:

Lo supe desde el principio.

Desde que llegaron todas esas cajas. Todos ustedes estaban contentos. Me decían: papá ven a ver los regalos que mandó la Paty. Esos no eran regalos, esas eran migajas. Eran los rastros de su vida antes de casarse con ese idiota. Tu hermana dejó todo eso en las cajas para deshacerse de sí misma y convertirse en otra. Se los dije y ustedes no me creyeron.

El tiempo me dio la razón.

Me imagino que tienes prendida la chingada grabadora, ¿no?

Esa boda significó su comunión con el fanatismo. Porque me digan lo que me digan a mí me parece un fanatismo. Los he visto en televisión. Ahí están rezando no sé cuántas veces al día, pidiendo por su salvación mientras tapan a sus mujeres con sábanas y explotan aldeas enteras bajo cualquier pretexto, todo en nombre de dios. Eso es para quien no tiene dos dedos de frente.

Se lo digo a tu mamá siempre.

Ella dice que no puedo dejarme llevar por la tele o el periódico, que no todo es así. No lo quiere entender. Le digo que una hija que camina detrás del marido, reniega de su cultura y de su familia, cuando antes vociferaba feminismo, no es una persona normal. Y si eso era lo que quería, ser señora obedientita, mejor se hubiera casado con cualquier fracasado de los que aquí sobran.

No importa cuánto se esfuerce uno en darles una buena vida a sus hijos, éstos siempre se las ingenian para echarlo todo a perder. Tanto pagar viajes, estudios, para que la historia terminara así.

Tu madre dice que el problema fue que le dimos demasiada libertad. Yo le digo que el problema es que siempre creímos que era más inteligente de lo que en realidad era.

Escucho a mi papá sin verlo a los ojos, hago como que escribo algo, pero en realidad garabateo sin sentido. Tengo ganas de decirle: ¿y la extrañas? Pero no quiero oír su respuesta, cualquiera que esta sea.

¿Quieres agregar algo más? Papá me dice que no con la cabeza y sé, sin que me lo diga, que quiere que me vaya y me lleve mi chingada grabadora.

Me voy con todo y mi chingada grabadora.

Lo que digo yo:

Casas, la gente abandona casas y lo que hay dentro
de ellas. Mi hermana ha abandonado
    casas y muebles
        ropa y hermanos
            novios y ciudades
                países y nombres con todo y apellido.
            No se planea así.

No creo que mi hermana haya amanecido un día
para decirse: hoy voy a abandonarlo todo. Eso es
algo que simplemente sucede. Circunstancias que
obligan a tomar decisiones, decisiones que obligan
a abandonarlo todo.
    Me pregunto si se lamenta. Otras veces pienso
que ella siempre estaría dispuesta a hacerlo de nuevo
y dejar
    casas o muebles
        hermanos o gatos
        lo que sea que esté a su alrededor.
        Abandonarlo todo.

Ella decidió viajar a países lejanos donde el idioma
es otro y la vida es otra.

Ella decidió vivir así y para vivir así tuvo que abandonar lo que antes era. Él fue la última persona que la vio sin el velo, él fue la primera que la vio con él.

A eso ella le llama amor.

Lo que dice mi novio:

Cuando me hablaste de tu hermana el otro día no te lo quise decir, pero bueno, tus hermanos ya me lo habían platicado. Cuando oigo esto que me cuentas ahora de tu hermana pienso en la mía. Tuve una hermana, ¿te lo dije alguna vez? Es que yo tampoco hablo de ella con cualquiera. Hablar de ella es abrir una herida. Mi hermana también se enamoró, también abandonó todo y se abandonó toda por él.

Nos dejó de lado. Dejó todo de lado. Estudios-familia-amigos-trabajo. Todo.

Vivía en la misma ciudad que mis padres. Pasaba sus días en casa, con él o sin él, pero en casa. Yo en esa época era un ente que no entendía nada. No pensaba en lo que ocurría con ella o con mi familia. Fue como bloquearlo, estaba enojado. ¿Cómo no estarlo si lo había abandonado todo por un hombre? ¿Qué no había aprendido suficiente de mamá y papá? Habíamos quedado en ser distintos.

Él la asfixió. No, no hablo metafóricamente. Un día me llamaron. ¿Es usted Mario Becerra, el hermano de…?, les dije que sí. No localizamos a sus padres, me dijeron. Y ya me imaginaba yo algo malo, pero no. Era peor.

Me acuerdo del terror, imagínate, tenía que ir a reconocer un cuerpo para confirmarles que sí, que esa mujer era mi hermana. Ahí estaba su cuerpo sin vida, sin aire, sin color. Un cuerpo sin mi hermana. Fui también yo el que tuvo que darles la noticia a mis padres. Cómo les dices a unos padres que su única hija ha muerto, que murió en manos de quien se supone que la amaba.

No, no es que estuviera ocultándotelo. Si acaso, es algo que me oculto a mí.

No quise platicártelo antes, no encontraba el momento o la razón para hacerlo. Y si te lo digo ahora es porque creo que debes considerar esto: mi hermana hizo un poco lo que la tuya. Ponle que mi hermana no cambió de nombre ni de religión. Mi hermana no se fue a otro país ni adoptó otro idioma. Mi hermana no hizo nada de eso y, sin embargo, todo suena igual. Piensa en todo el tiempo que llevan sin verla, piensa cuánto tiempo pasa entre una y otra carta de ella.

Entiendo tu dolor, créeme. Entiendo esa sensación de impotencia, pero no puedes seguirle dando vueltas a lo mismo. Va, escribe, está bien, pero escribir es sólo la mitad del camino. La otra mitad tienes que recorrerla tú.

¿Me entiendes?

¿Por qué no dices nada, por qué no me dices nada? ¿Sabes?, si una queja tengo de esto que tenemos tú y yo, y a lo que tú no quieres ponerle etiqueta, es que no me lo cuentas todo cuando yo sé que quieres decir algo.

Eres tú la que calla, Syl, la que está a distancia.

Claro, claro que me duele, lo que daría yo por decir que tenemos una relación, lo que daría porque viviéramos juntos.

Lo que dice una revista:

La mujer está exenta de asistir a las plegarias comunitarias. Pero si participa en ellas, se mantiene en filas aparte formadas exclusivamente por mujeres. Lo mismo que los menores se agrupan en filas separadas detrás de los adultos. Es una norma de disciplina en la oración, y no una clasificación por importancia.

No está permitido que ningún hombre o mujer, toque el cuerpo de una persona del sexo opuesto durante la oración. Por ello, para evitar la turbación y la distracción, para ayudar a concentrarse en la meditación y en los pensamientos puros, para mantener armonía y el orden entre los orantes, para cumplir los verdaderos propósitos de la oración, se ha ordenado la organización en hileras con los hombres ocupando las primeras líneas, los niños detrás de ellos y las mujeres a continuación de los niños.

El orden persigue ayudar a todos a concentrarse en la meditación. Los rezos no son simplemente cantados, sino que implican movimientos, estar de pie, hacer reverencias, postrarse, etc., si los hombres se mezclaran con las mujeres en las mismas filas sería posible que algo les molestara o distrajera su atención.

Lo que dicen los libros:

Aisha es una figura importante para el Islam. Fue una de las esposas del Profeta. Se casó cuando él tenía cincuenta y tres años y ella seis. Consumó su matrimonio a los nueve años. Murió a los dieciocho. El matrimonio con menores no es algo apreciable dentro de la religión, pero en este caso, se llevó a cabo bajo circunstancias excepcionales, el Profeta quería establecer lazos con el padre de Aisha.

A pesar de ser sólo una niña, tomó su matrimonio con orgullo. Su entrega era absoluta, su obediencia completa. Abandonó los juegos infantiles por la vida junto al Profeta. Cargaba sus muñecas en la mudanza. En Las Escrituras hay un pasaje en el que Aisha explica: no recuerdo creer en alguna otra religión que no fuera la Verdadera Religión, no pasaba un día sin que fuera visitada por la Caridad de El Misericordioso.

Al igual que el de las otras ocho esposas del Profeta, el de Aisha se considera un nombre virtuoso, es un honor para toda mujer ser bautizada así.

Lo que dice mi tutora:

Así que tienes una hermana musulmana. Eso debe ser rarísimo. ¿Se llama Aisha? Suena bonito. Es un nombre bonito. Aunque no puedas encontrarle el sentido, es un nombre bonito. ¿Significa la que vive? Wow, eso sí que suena importante. Ella es la que vive. Vive. Es lo importante, ¿no? Es lo que nos dicen todo el tiempo. Vivir es lo importante. Aunque no lo parezca. Lo es. Seguro que a tus papás no les parece que vive, y es que a los papás nunca les va a parecer nada. Recuerdo cuando les dije a los míos que estudiaría periodismo, no les pareció. ¿Te pasó así con los tuyos? Yo no sé por qué les atosiga tanto la idea. Bueno, sí, es que esta carrera implica riesgos. Una mujer, en el periodismo, no vive, sobrevive. Y antes de que me lo preguntes, te digo. Sí, por eso dejé el periódico y comencé a dar clases. Pero una nunca deja las cosas del todo, cualquier día vuelvo a las andadas. ¿No crees que eso pase con tu hermana? A lo mejor un día decide dejarlo todo y… Tienes razón. Además, no es fácil desandar los pasos.

¿Y has escrito de esto? No, deja tú un artículo, un libro, da para un libro.

Se me ocurren tantas películas y documentales que te podrían servir. Porque el islam es solo la punta de este gran iceberg en que congeló su vida tu hermana. Un día, cuando ya hayas defendido esta tesis y te sientas lista, conversamos. Ésta es una escritura que no conviene hacer a solas. Te lo digo por experiencia. No debemos dejar que nuestras ideas se queden en un cajón. Como tu tesis, sí. ¿Y viste? Juntas le estamos dando para adelante. Y hablando de eso, hay que concentrarse en este capítulo. Encontré acá dos puntos que vale la pena que persigas un poco más.

Lo que dice la hermana de Sayyib:

Por lo que veo en tu carta tienes muchas preguntas, pero no sé exactamente cómo responder, tengo días pensándolo. Mejor te cuento sobre mi familia, te cuento sobre él, y tal vez así algo te responda.

Sayyib nació de siete meses. Siempre he pensado que por eso mi madre lo ha cuidado más que a todos nosotros. Siempre recibió concesiones. No tuvo que pasar temporadas en el campo cuidando de los abuelos. No tuvo que trabajar con papá. No tuvo que esforzarse nunca. Sus decisiones: siempre respetadas. Sin importar que sus ideas falten a la religión o a las costumbres de la familia, nadie le dice nada. Como cuando trajo a tu hermana. Mis padres jamás hubieran aceptado a una nuera extranjera y atea, pero como se trataba de Sayyib...

Tenían un par meses de casados cuando llegaron. Nadie sabía de su matrimonio. Cuando mi madre me explicó cómo y dónde la conoció pregunté: ¿y ustedes van a aceptarla? De antemano sabía la respuesta, tu hermano sabe lo que hace.

Sayyib dejó el trabajo en la madraza y mis padres no cuestionaron su decisión a pesar de las implicaciones que eso traía para la familia, porque: él sabe lo que hace. Malvendió las tierras de los abuelos y nadie trató de detenerlo porque, ajá, él sabe lo que hace. Si yo hiciera una lista de todas las veces que mi hermano sabía lo que hacía… Supongo que te queda claro que él y yo no nos llevamos bien. Somos un mundo de diferencia.

Ella era muy distinta a lo que esperaba. En principio, me sorprendió verla vestida con el hajibb. Mi hermano la había bautizado antes de venir acá y había elegido el nombre de una de las esposas del Profeta para ella. Claro, no podía ser cualquier nombre, tenía que ser Aisha.

Aisha es tu nueva hermana, me dijo Sayyib. Le di la mano y antes de que pudiera abrazarla, mi madre se acercó y le dijo: ven, ahora eres nuestra hija. Aisha era joven y estaba dispuesta a entregar su alma y su obediencia. Aprendería a ser la esposa que mi hermano quería. La hija que mis papás siempre desearon. La que nunca fui. La que no seré.

Comencé a ir a las clases en la madraza cuando tenía nueve años y no entendía por qué mi hermano de doce no iba conmigo. Porque las niñas maduran antes, me decía papá, y yo me sentía orgullosa de ser mujer, de haber madurado antes. Descubrí luego que la edad obligatoria para los niños es hasta los trece, para entonces las niñas ya teníamos cuatro años estudiando las escrituras y repitiendo versos, que no entendíamos, de memoria.

El velo me aplasta el cabello y me pica la cabeza, dije un día, ¿por qué tengo que usarlo?, mis tías no se cubren cuando están dentro de su casa, ¿por qué mamá y yo sí? Fue la primera vez que mi padre me abofeteó. Se nos volvió costumbre. A mí, preguntar; a él, castigarme. De sus manos recibía más golpes que cariños. Porque hablaba con los niños de enfrente o porque me asomaba a través de la cortina en el templo o porque corría a platicar con el imam en cuanto terminaba el servicio. O simplemente porque sí. El miedo a los golpes o regaños nunca me detuvo. El problema nunca fue la religión, sino mi padre. Llevaba todo al extremo, como Sayyib.

Mi refugio era la casa de mis primas. Y papá no podía prohibirme ver a las hijas de su hermano mayor. Ellas iban y venían, planeaban estudiar, ser profesionistas. Se cubrían en la calle, en el templo, pero no en casa. Mi tío no parecía tener problema con eso, sólo era papá quien veía las cosas de otro modo. Entre la infancia y adolescencia leí todos los libros que pude. Los libros que quise. Crucé puertas, hice preguntas y busqué respuestas. Llegó un momento en que simplemente me fui con mis primas a estudiar la universidad.

Cuando admito que soy musulmana, la gente siempre me pregunta, ¿y por qué no cubres tu cabello como las otras? Antes solía decir: porque no soy como las otras. Ahora sólo contesto: lo hago cuando voy al templo. Lo cual, debo decirte, ocurre una o dos veces al año.

Yo no cubro mi cuerpo, tampoco mis ideas, hablo en voz alta, camino rápido y nunca detrás de un hombre. Pero a diario desenrollo el mismo tapete que mi mamá me regaló a los nueve años, apoyo mi frente en él y rezo. Sí, rezo. Yo no desdigo la fe. Desdigo a mis padres. Yo espero lo mismo de mis hijas.

Ay, me has escrito para preguntarme por tu hermana y en esta carta he terminado contándote todo de mí. Pero supongo que a lo que voy es que mis padres encontraron en Aisha a una hija. Si te lo preguntas, no me molestó en absoluto, no envidio su vida. Por el contrario, nunca he entendido por qué ella decidió esta vida. A Sayyib no le gustaba que hablara conmigo, supongo que soy una mala influencia. Pero cuando se podía, nos entreteníamos bastante ella y yo. Hablaba de su familia, hablaba de ti. Y, supongo, ella te habló también de mí. ¿Aún te escribe con frecuencia? Nosotros los dejamos de ver hace año y medio.

Ésa es otra larga historia.

Cuando pienso en ella me acuerdo de los zapatos que traía puestos el día que llegó a casa. Eran nuevos, bonitos. Un brillo deslumbrante, el brillo del recién llegado. Eran como esos zapatos que le pones a los niños el primer día de clases. La última vez que la vi, traía puestos los mismos. El tiempo había pasado por encima de ellos. Se veían acabados. Como ella, que estaba de luto. Su rostro no era el mismo de cuando la conocí.

En fin, espero leerte pronto.

Sahure

Lo que dice mi hermana:

Mi hermana llamó ayer. Nos dio dos noticias. Que estaba embarazada y que había perdido a su bebé. Era una niña. Soy una isla de tristeza, dijo al teléfono. Mamá le preguntó cómo estaba Sayyib. Enojado, triste, enojado. No perdona.

¿No perdona o no *se* perdona? ¿Qué dijo?

Nació una nieta y murió una nieta, pienso.

Mamá entonces apagó el altavoz y siguió hablando con mi hermana. Con gestos me pidió la caja de kleenex, luego su libreta y una pluma. Estuvieron hablando por largo tiempo.

Cuando colgaron, mamá nos anunció que mi hermana la había invitado a visitarla. Un mes, podría ir un mes, ¿cómo ves, David? Papá le contesta: como quieras.

Lo que dice la red:

El rito funerario musulmán consiste en lo siguiente:
- *Tras el fallecimiento de un musulmán, durante las primeras horas, se procede a bañar el cuerpo por parte de los miembros de la familia del mismo sexo. Si el cuerpo está en malas condiciones, puede llamarse a una casa fúnebre para que realice, en su caso, el trabajo de composición.*
- *Tras el baño, se envuelve el cuerpo en una simple tela de algodón blanco llamada* kafan. *Sólo los considerados "héroes" pueden ser enterrados con la ropa con la que murieron.*
- *El siguiente proceso es la oración. Amigos y entorno cercano pueden dar las condolencias a la familia del fallecido. El cuerpo es transportado a un lugar al aire libre donde se harán las respectivas oraciones. Esta ceremonia está dirigida por un imam.*
- *Luego se procede con el entierro llamado* Al-dafin, *que se hace tradicionalmente sin ataúd.*
- *Al lugar del entierro sólo pueden asistir los hombres.*

Lo que digo yo:

Llevo días pensando en Sayyib, el *ese hombre*, como lo llaman mamá y papá.

Imagino que siempre ha vestido con corrección y pulcritud. Se peina, desde niño, con la misma línea de lado, con cuidado. Lo veo, las uñas bien cortadas y limpias. Siempre fajado, la línea del pantalón, desde la cintura, pasando por la rodilla y hasta el tobillo, perfectamente marcada. Cuando habla lo hace sin tropiezos, medita cada una de sus palabras antes de pronunciarlas. Nunca una mancha, nunca un desarreglo. Orden y perfección. La apariencia para él lo es todo.

Probablemente era de esos pequeños que no se ensuciaban con tierra o dulces. Sus juegos no eran en patios o parques, sino en su habitación. Lo imagino rezando con la devoción de nadie. Nadie imaginaría lo que él es en la íntima realidad. Nadie lo creería capaz de enojarse, levantar la voz, insultar. Nadie, nunca, lo creería capaz de levantarle la mano a alguien.

En eso pienso cuando mamá, que está ahora con mi hermana, llama a casa para avisarnos que mi hermana está en el hospital con la nariz rota. En eso pienso cuando mamá no sabe cómo explicarnos qué ocurrió. Nos dice que quiere traerse a mi hermana de regreso. ¿Y ella quiere volver?, le pregunta papá. No sé, dice mamá. Mi papá entonces quita el altavoz y habla con mi madre de cosas que no me va a quedar sino adivinar.

Sayibb llama dos días después, nadie sino yo puedo hablar con él, me dice que tuvieron una discusión, que todo fue un accidente, que mi hermana ya está bien, que no hay nada de qué preocuparse. Me dice que la visita de mi mamá ha estresado mucho a mi hermana, que tal vez sea mejor que adelante el regreso. ¿Puedo hablar con ella o con mi hermana?, le digo. Mi mamá, con una voz que no conozco, me dice que va a regresarse ya, que no hay nada que hacer.

Nada que hacer.

Lo que dicen sus objetos:

Cuando mamá se siente mal, cuando está enojada, triste o todo lo anterior, le da por limpiar. Apenas volvió de su viaje a Turquía y ha despertado temprano con toda la disposición de limpiar la casa por entero. Ha dispuesto, también, que hagamos cambios en la casa.

Mis hermanos dejaron de vivir aquí hace un año y mamá ha decidido que su cuarto será el nuevo cuarto de visitas. ¿Qué visitas?, le pregunto, pero no me contesta. A lo mejor sigue creyendo que un día mi hermana volverá, aunque sea así: de visita.

En eso estamos, moviendo y sacando cosas, desbaratando un cuarto para volverlo otro, cuando mamá saca del clóset una caja que dice *Cosas de Patricia*. De inmediato pregunto qué hay ahí. Mamá mira la caja y dice: no sé, cosas de ella. Ándate y ponla en aquel otro armario.

Por la noche, cuando mamá y papá duermen, traigo la caja a mi cuarto. Cierro con seguro, como si fuera una niña haciendo algo indebido. Me acomodo en la alfombra, observo la caja frente a mí. Comienzo a escarbar su interior.

• Cuatro casetes de Kate Bush.

- Dos de The Police.
- Uno de Talking Heads.
- Un estuche vacío de Emerson, Lake and Palmer.
- Una foto de toda la familia al lado del árbol de Navidad.
- Dos bufandas.
- Un fólder con documentos de su escuela, entre ellos un bosquejo de su tesis.
- Dos diccionarios, un inglés-español, un inglés-turco. Hay palabras marcadas y anotaciones al margen.
- Hay fotos, muchas fotos: paisajes, gente, calles, camiones de dos pisos, lagos, montañas…
  Sólo en dos aparece ella.
- Un ejemplar de *Nuestros cuerpos, nuestras vidas,* los cuerpos desnudos de las mujeres tachados completamente.
- Un libro titulado *An Introduction to Islam*, también subrayado y con anotaciones.
- Un juego de hojas escritas a mano, reconozco fácilmente la letra de mi hermana, pero no reconozco a mi hermana.

Le llamo a mi novio y le cuento todo esto. Él, como siempre, me escucha. Le leo el texto que encontré. Le digo: esto escribió mi hermana. Mario lee en voz alta.

Lo que dice mi hermana:

Tienes que creer en que sólo hay un Dios. El clemente, el misericordioso. Tienes que creer en su potestad absoluta. No hay otra divinidad excepto Él. Tienes que temerle y respetarle. Tienes que entregarte completa. Honrar al Profeta, su único mensajero. El portador de La Palabra Única. Soberano en el Día del Juicio. Él te indicará el sendero después de la muerte. Tienes que adorarle. Tienes que entregarte completa. Nuestra existencia significa sumisión. Tienes que rechazar la decadencia y el deseo. Tienes que entregarte completa. Tienes que hacer de Las Escrituras tu lectura diaria. Tienes que practicar los cuatro pilares de nuestra religión: fe, purificación personal, peregrinación y oración. Tienes que orar cuatro veces al día en la lengua de la Revelación. Tienes que ayunar un mes al año, desde la madrugada hasta la puesta del sol. Tienes que entregarte a tu esposo. Tienes que darle todo tu respeto, vestir modesta y digna, demostrar obediencia y dulzura. Tienes que cubrir tu cuerpo, tu cabello, tu aliento, tú eres un derecho sólo para él. Tienes que entregarte completa. Tienes que creer en nuestros signos o caer en el fuego ardiente. Tienes que creer porque Dios es el más grande. Tienes que repetírtelo: Dios es el más grande.

Dios es el más grande.

Dios es el más grande.

Dios es el más grande.

Para recibir al Señor hay que realizar el ritual de la ablución.

Primero es necesario limpiar las mentes y los corazones de pensamientos y preocupaciones mundanas, hay que concentrarse en las bendiciones que Él nos ha dado.

En segundo lugar, es necesario lavar manos y cara, tallar los brazos hasta el codo mientras se dice: "Soy testigo de que no hay dios sino Dios, no hay otro como él. Soy testigo de que hay un sólo Profeta, de que él es su sirviente y mensajero. Soy testigo de que sólo hay unas Escrituras, que todo lo dicen y todo lo saben."

Esta purificación es tanto espiritual como física. El objetivo de las abluciones es que la mente y el cuerpo estén completamente limpios para recibir la presencia de Dios.

Lo que digo yo:

Ésta era la imagen más común: una peinando a la otra. Había jalones, gritos, no te muevas, no me jales, ven acá, quiero salir así. Discutíamos mucho. De nada, discusiones de nada. ¿Cómo podían llevarse dos hermanas que tenían más de catorce años de diferencia? Discutíamos por todo y por nada. En la calle, cuando andábamos juntas, la gente pensaba que Patricia era mi madre adolescente.

Ella lo odiaba.

Cuando ella salía, yo hacía lo que toda hermana menor: tomaba su ropa y su maquillaje y sus zapatos altos y su brillo de labios. Fingía conversaciones al teléfono con un novio imaginario. Yo jugaba a ser ella.

Ahora, simplemente trato de averiguar qué significa convertirse en ella.

Trabajo seis días a la semana, ocho horas al día. Una rutina que quita mucho tiempo y energía, pero aun así busco tiempos y espacios para leer, para buscar, para escribir. Quiero saber. Muero por saber. Hace unos días, por ejemplo, me mandaron al Centro para Mujeres Víctimas de Violencia. Se supone que debía averiguar cómo trabaja el centro, de dónde recibe apoyos, de qué manera ayuda a la sociedad y, por supuesto, terminé haciendo preguntas que no me correspondían. ¿Cómo son las mujeres que vienen acá, qué edad, qué sector socioeconómico, qué nivel de escolaridad, cómo llegan, qué las hace pedir ayuda, qué tipo de casos tienen ustedes que…? La encargada me dijo que, si así lo deseaba y si las mujeres lo permitían, podía hacer una entrevista más profunda. Se ve que te interesa el tema, ¿por qué no vuelves otro día? Eso sí, no puedes usar nombres reales.

Le digo que sí, prometo volver.

Cuando salgo de su oficina veo en el patio a una mujer de unos treinta y tantos años sentada en una banca cepillando el cabello de una niña que bien podría ser su hija. No hay jalones, gritos, nada de no te muevas, no me jales, ven acá. El suyo es un acto de afirmación, de amor, de puro amor.

Me subo al auto y pienso en mi hermana y en la hija que perdió.

Pienso en la hermana que perdí y en el hueco que ha dejado en mi familia.

Supongo que se amaban. Que por eso lo dejaron todo. Seguro él le decía te voy a hacer feliz. La más feliz. Y ella sabía que sería así. Así somos las mujeres, dice mamá, caemos redonditas ante las promesas. Seguro que él no le pidió que se convirtiera, ella lo decidió, para complacerlo, para complacerse. Para merecer. ¿Para merecer qué? ¿Para amar qué?

La imagino dedicando tardes enteras a hablar de Las Escrituras con él. Mi hermana siempre tan dispuesta a aprender. Y con él aprendió a ser otra, a creer en un Ser Supremo, a bajar la cabeza, a callar, a recibir un golpe, luego otro. Ni Dios ni profeta ni religión la salvarían de un hombre.

You catholics always see problems as problems, me dijo Sayyib una vez que los acompañé a pasear por la ciudad. Mi hermana no dijo nada. Yo respondí: *I am not catholic, I am nothing.* Él me miró y me dijo: *Just like your sister. Nothing.*

Le digo a mi madre que Mario y yo nos vamos a ir a vivir juntos y ella pega un grito y da dos portazos. O al revés.

Después, en un intento de mostrarse tranquila, me dice que entiende que estamos enamorados y queramos vivir esto, pero, hijita, si tantas ganas tienes de estar con él, ¿por qué no se casan y ya? Hagan las cosas bien, como debe ser. Le digo que no con la cabeza y agrega, una boda chiquita, sólo gente muy cercana y listo. No le digo que Mario me pidió justo eso, que nos casemos; le digo lo mismo que a él, hay que hacer las cosas sin prisa, probar primero. Mamá entiende menos que Mario.

Mamá: en mis tiempos una no probaba.

Yo: eso mismo, en tus tiempos.

Comenzamos a discutir. Ella me dice que no está de acuerdo en cómo estoy haciendo las cosas, yo le digo que cuando Sergio comenzó a vivir con su novia ella no dijo nada. Me recuerda que es distinto. Le recuerdo que no lo es. Empezamos a alzarnos la voz.

Cuando discuto con ella siempre, invariablemente, me pregunto qué hubiera hecho mi hermana en una situación así. A veces lo hago, preguntarme cómo sería si Patricia viviera a quince minutos, y si llamara a cada rato, si viniera a casa a pedirle una olla a mi madre, o un mantel, si llegara o muy tarde o muy temprano a las fiestas de cumpleaños o las Navidades, a formar parte de la preparación de la cena de año nuevo. Nadie en casa lo dice, pero probablemente todos lamentan que no sea así. Incluso papá.

La imagino en este instante advirtiéndome que si me voy a vivir con Mario no me lleve nada suyo. Le contesto: ¿pero si ya no vives aquí y lo que dejaste lo dejaste y ya? Me va a alegar que no dejó nada, que son cosas que simplemente no se ha llevado. Luego me preguntará, ¿qué esa blusa no es mía? Sonreiré como la niña traviesa que ya no soy, pero con ella siempre seré y me dirá que vale más que la lave antes de regresársela. Ahora está frente a mí recordándome que esa crema es la humectante y la otra es la limpiadora, ¿cuántas veces me lo tiene que decir? Me repite que debo dejar de morderme las uñas y me voy a sacar el dedo de la boca.

La imagino pidiéndome que le diga ya en serio por qué no quiero casarme con Mario, ¿es que no estoy segura de lo que siento? ¿O es que tengo miedo? La veo tomándome la mano y diciéndome que ella, por experiencia propia, sabe bien que es mejor no precipitarse. Así que si no quiero casarme, no lo haga, que siga mi intuición. También la oigo gritándole a mamá que no puede meter su cuchara en la vida de sus hijos siempre, diciéndole que nos deje crecer, la siento jalándome del brazo, arrastrándome al cuarto que solíamos compartir para que hablemos sólo nosotras, de hermana a hermana.

¿Cómo sería mi vida si ella no se hubiera marchado? ¿Me ayudaría a decidir qué hacer, cómo resolver esas discusiones con mamá? ¿Me ayudaría a hacerle entender que quiero irme con Mario? Tal vez no, tal vez no haría nada. También hay hermanas que no hacen nada. Yo, por ejemplo.

A fin de cuentas, ella no está aquí, y es como si nunca hubiera estado aquí. Mi hermana desaparece. Y no hice nada para evitarlo. No importa que yo no hubiera tenido los modos y herramientas para hacerlo, no importa. Mi hermana desaparece más y más y yo no quiero.

Este departamento sigue pareciendo más una oficina, dice Mario.

Supongo que lo que realmente quiere decir es que el departamento parece más *mi* oficina que *nuestro* departamento. Me besa la frente, me acaricia el cabello y me deja seguir en lo mío. Lo mío es *esto* que hago sobre mi hermana. El caos que son este proyecto y mi vida. Tengo todo por todos lados. Por un lado está aquello que no he terminado de desempacar desde que nos mudamos aquí hace un par de meses. Por otro, mis papeles. En el comedor hay libretas, fotos. En la mesita de la sala hay documentos varios. En el sillón frente a la tele, otro montón de papeles que he recolectado para mi libro.

Sí, escribo un libro.

Escribo el Libro de mi Hermana.

El Libro de Aisha.

TRES

Mamá me cuenta que con frecuencia sueña a mi hermana. Sueña que está a su lado, que tiene dos hijos y que corren por todos lados. Hablan, toman café, tejen juntas. Luego se despiden, su hija y sus nietos besan su mejilla y dicen adiós y prometen volver al día siguiente. Estos sueños le ofrecen a mamá mañanas tranquilas, tardes sin preocupación, le permiten anhelar que un día las cosas serán así. Normales, pues.

Otras noches los sueños son pesadillas, hija.

Mamá escucha gritos en turco al otro lado de la puerta y, al cruzarla, encuentra a su hija sacudida por las palabras y la fuerza de Sayyib. Dice que en el sueño trata de sacar a mi hermana de la habitación, pero no puede porque él la retiene. Imagínate yo sola contra ese hombre. Dice que lo que la angustia en el sueño es que los niños no están ahí, y yo me la paso preguntándole a tu hermana, ¿dónde están los niños, dónde están? Dice que la sacude una ansiedad por buscarlos. Los llama, les grita pero los pasillos sólo le devuelven silencio.

No es necesario describir la cara de mamá mientras me cuenta esto.

Cuando le preguntan de su infancia, papá menciona a todos y cada uno de sus amigos, el Tiburón, la Meche, la Nena, el Güero Sánchez. Después hace un recuento de lo que hacían, en dónde y a qué horas. Los partidos del Atlante, paseos al Ajusco, borracheras en todas las cantinas del centro.

Si el tema es el cine dirá sin problema cómo era el cine Hipódromo y cómo, en su escalinata, le pidió a mi madre que fuera su novia. Lo que tenía puesto ella, lo que tenía puesto él. Cómo la miró, cómo la tomó de la mano, cómo le pidió que fuera su novia.

Le gusta que le pregunten de su nombre, decir que es la herencia de aquel abuelo que estuvo a tres caballos de Zapata por meses y meses. Platica de su mamá y quien lo escucha siente que la conoce, que ella está ahí cantando esa canción que tanto le gustaba. Aun si él lo quisiera, sería incapaz de escribir su vida de tanta que es. En sus labios nada es breve. Quien lo escucha percibe los olores, reconoce las texturas, viaja, pues, a través de su memoria. Las imágenes se agolpan en su mente como eso que se escucha en su garganta mientras habla. Mi papá narra como nadie en la familia.

Pero cuando le preguntan por su hija mayor, él sólo calla. No tiene nada que decir. Su cabeza se mueve en no. Su cuerpo en no. Un rotundo y seco no. Papá se vuelve al silencio. Un silencio que derrumba.

Una no encuentra las obsesiones, las obsesiones la encuentran a una.

Mi carrera y mi hermana comparten mi tiempo, mi cabeza. Es difícil saber cuánto exactamente le dedico a cada una. A veces son una sola cosa. Como cuando me fui con Mario a San Diego. Estábamos ahí para el Congreso sobre periodismo en la frontera, y en vez de ir a todos los páneles con él, me brincaba más de la mitad de las jornadas y me sentaba a escribir.

En eso estaba, trabajando en el café del hotel, cuando vi a una mujer vestida como mi hermana. Pensé primero en acercarme, hacerle algunas preguntas y comprender el proceso completo de vestirse *así*. Ella se fue y a mi mente llegó un proyecto. Hice un par de preguntas a la chica de la recepción, me dio un directorio, hice un par de llamadas. La emoción de un plan en proceso.

Llegué a una tienda inmensa. Revisé la mercancía mientras un hombre, probablemente el dueño, me miraba con recelo. Intenté hacer plática, *where are you from?*, le pregunté. *Here*, me contestó enojado. Primer error.

Seguí revisando. Encontré un par de velos. Le pedí al hombre que me explicara cómo debía acomodarlo en mi cabeza. Segundo error. Se negó. *I don't, I don't*, repetía sacudiendo su mano derecha en señal de no, en señal de vete, ¿qué te crees, que esto es un disfraz? Sentí la cara hirviendo de vergüenza. Me volteé, tomé un par de cosas casi al azar. Me apuré en pagarle y me dirigí a la salida. Escuché a mis espaldas que el hombre susurraba palabras en un idioma que no supe reconocer, pero entendí perfectamente que eran dirigidas a mí y a mi estupidez.

Por la noche, mientras Mario se bañaba, busqué direcciones de templos, luego busqué en la red instrucciones de cómo ponerse un hiyab. Me topé con el siguiente texto:

El hiyab no es sólo la tela que cubre la cabeza.

Se le llama así a la tela que cubre el cuerpo entero y que, a su vez, es un signo de obediencia, modestia y pureza. El hiyab es en sí un escudo que protege a la mujer de despertar tentaciones en hombres ajenos a su familia.

Estaba decidido, le diría a Mario que en vez de ir a la conferencia yo me iría a pasear. Y sí, lo haría, pero con el velo y vestida *así*.

Caminar con el cabello cubierto es como caminar sin querer ser vista y terminar siendo vista. Aunque, muy probablemente, nadie me observaba en este país, ésta es una religión mucho más común que en el mío. En este país ya nadie observa a nadie.

El templo poseía la calle, el cielo. Un grupo de hombres y mujeres estaban ahí, ellas iban como yo, ropa normal, mezclilla, suéter, gabardina ligera y velo en la cabeza. Hice un par de preguntas. Ninguno era musulmán, se trataba de estudiantes realizando una visita al templo como parte de una clase. Parecían más turistas que estudiantes. Pedí permiso para unirme al grupo. A nadie pareció importarle.

Del portón salió un hombre con anillos en sus dedos, se trataba del imam, nos saludó: *Bismi...* en el momento no entendí sus palabras pero una de las chicas las repitió para mí: *Bismillahi ar-Rahman il-Rahim*, significa: En el nombre de Alá, el compasivo, el misericordioso. Dimos las gracias con una reverencia en la cabeza.

Entramos. Los hombres al frente y nosotras detrás. Nos quitamos los zapatos. Qué frágil se puede sentir una sin ellos rodeada de desconocidos. Una alfombra verde se extendía sobre el templo. Mientras avanzamos, el imam le explicaba a la gente que éramos estudiantes. Hombres y mujeres a nuestro alrededor nos miraban como los estúpidos que éramos. El grupo se dividió. Nosotras, a una sala, los hombres a otra.

El imam iba y venía entre dos idiomas y en ocasiones me perdía. Inició su discurso hablando sobre la ignorancia del hombre, la ignorancia de la civilización y cómo ésta se combate con el conocimiento. Cuando Nuestro señor, misericordioso y poderoso, quiere a alguien, le da el conocimiento de su libro sagrado. Nuestro señor, misericordioso y benéfico, guía a quien quiere y descarría a quien le place. Por ello eligió al Profeta, quien nos ofreció Las Escrituras.

Durante la ceremonia, un grupo de mujeres estuvo con nosotras, nos indicaban qué teníamos que hacer, cuándo bajar la cabeza, cuándo arrodillarnos. Al terminar la ceremonia, nos abrazaron, nos ofrecieron palabras que se sentían dulces. A mí y a otra más nos reacomodaron bien el velo. Nos explicaron que la oración de los viernes no es obligatoria para las mujeres porque las mujeres tienen muchas responsabilidades, tienen niños y son la prioridad. Como en todos lados, pensé. A los hombres el imam les hablaba muy de cerca, los estudiantes y el maestro asentían de vez en cuando. Mientras nosotras recibíamos afecto, ellos recibían formación.

Volví al hotel. Regresé con más dudas. Me senté en la cama. Quité el velo de mi cabeza y en cuanto lo hice lloré, lloré como una niña, lloré como cuando me caí de la bicicleta, como cuando mi hermana perdió a su primer bebé, como cuando operaron a mi padre. Lloré como todas esas veces en que no encontré qué más hacer.

Cuando Mario entró a la habitación y me vio así, me abrazó. Cuando le expliqué qué había pasado y lo que había hecho, me soltó. Se levantó de la cama, dio vueltas por la habitación, me tomó de las manos y viéndome a los ojos me dijo, Sylvia tienes que dejar esto.

Ahora me doy cuenta que cuando dijo *dejar esto,* no se refería a mi llanto.

Sylvia:

Esta historia me tiene atrapada. Gracias por compartirme lo que has escrito. Nunca pensé que algo que vi ocurrir se convirtiera en un texto. Espero leerlo completo cuando lo acabes. Entiendo perfectamente lo que has tenido que hacer para escribirla, es la vida de tu hermana, pero ¡también es tu vida! Imagino que las emociones te asaltan. No es tarea fácil. Me alegra que la estés haciendo. ¿Qué dicen tus padres? Como me lo planteas, parece que los otros cuentan su historia, la dicen, la recrean. Como si los entrevistaras y sólo escucháramos la voz de ellos o bien sólo escucháramos tu voz. Todos sobre ella. Ella sólo es a través de la voz de otros.

A mí me gustaría verla moverse, vestirse, hacer por su propia voz. Como cuando vivía aquí en la pensión. Aunque, ahora que lo pienso, supongo que a ti también.

Comprendo tus temores, pero eso que citas de que nadie ha escrito buena literatura con historias familiares me deja pensando. No sé, tal vez no se trate de hacer buena literatura, se trata de escribir, creo que hay cosas que valen la pena contarse o escribirse sólo porque ocurrieron.

En fin, estas son las únicas fotos que tengo de Patricia. Son dos. En una estamos ella y yo con otras chicas en la pensión. Yo soy la única que no parece estudiante sino la abuela de todas, si te das cuenta tiene sólo un poco de maquillaje y lápiz de labios. Creo que en esa época apenas comenzaban a salir, ésa fue de las últimas veces que se reunió con sus compañeras.

La otra foto la debe haber dejado para mí antes de irse. La descubrí hasta semanas después de que ella se marchó. No sé quién se la tomó. Como ves, ahí ya trae el velo. Alguien me explicó que hay comunidades islámicas que no permiten que las mujeres se tomen fotografías, hay otras en que se les pide que no miren a la cámara. Creo que por eso está de perfil, mirando al suelo. Atrás firma con el otro nombre y con el apellido de él.

Espero que te sirvan de algo. No te molestes en regresarlas, quédatelas, es más propio que las tengan ustedes. Dale cariños de mi parte a tus padres y ya sabes, si alguna vez deseas venir, esta pensión siempre te recibirá con los brazos abiertos.

Lilian

Nos separan nueve horas. Algunas noches pienso en ella. Algunas mañanas, lo presiento, ella piensa en mí. Quizá al mismo tiempo. Sueño con estar juntas. Entonces abro los ojos, miro el reloj. Sumo nueve horas y sé qué horas son allá en el momento justo en que ella se va a levantar a rezar.

Me doy la vuelta y Mario está ahí. Duerme plácidamente. Es su rostro lo que más me gusta de él, sus facciones, los pómulos finos. Siempre que lo veo dormido tengo ganas de besarlo. Despertarlo y besarlo, decirle que sí, que nos casemos, que sí, que vendamos cosas, cerremos el departamento y nos vayamos a descubrir el mundo.

Me levanto con cuidado. Voy al baño, luego a la cocina. Tomo agua, me voy a la sala y me siento en la alfombra. Nos hacen falta tantas cosas en este departamento. Mamá insiste que traiga mi escritorio y mi sillón. Pero ya me imagino la cara de papá. Para él soy otra hija que se fue sin su consentimiento. Tu caso es distinto, dice mamá. ¿Lo es?

Veo la maleta de Mario, lista para su viaje. Prometí acompañarlo, pero todavía no me repongo del anterior y siento, además, que lo que necesito es un tiempo a solas. Mario lo entiende y no. Lo cual me importa y no.

Vuelvo a la cama, me acomodo con mucho cuidado al lado de Mario, quien se mueve para abrazarme. Contigo me siento protegida, susurro. ¿Protegida de qué?, me pregunta. Aún le doy vueltas a eso, ¿protegida de qué?

Me lo digo cada vez que abro mi computadora y escribo de ella. ¿Para qué escribo de mi hermana? ¿Cuántos años han pasado y yo sigo escribiendo de ella?

Pero no puedo dejar de hacerlo.

Tengo mi vida, sí. Un trabajo, un auto que estoy pagando. Mi vida tiene su ritmo y su orden, pero mi escribir sobre ti también forma parte de mi vida. Escribo de lo poco que te conozco, de la forma en que dejaste todo. Leo sobre lo que vives, sobre tu religión, y me siento en un abismo, es tan poco lo que entiendo.

Cesare Pavese decía que el único modo de escapar al abismo es mirarlo, medirlo, sondearlo y descender a él. Descender en el abismo. Medir. Sondear. Sé que va a sonar exagerado, pero escribir de ti es el abismo. Mido, sondeo, desciendo. No puedo escapar. Nadie me puede pedir que escape de él. Aunque quisiera no podría.

Esto se ha vuelto mi vida.

Sí, tengo amigas, amigos, trabajo, salidas, sábados de cerveza fría y risas y música. Tardes de ver películas o sentarse a contemplar atardeceres. Tengo una vida, sí. Pero también hay *esto*. Una vida dedicada a descubrir quién es mi hermana.

En ocasiones siento que hay demasiados recuerdos y que no quiero escribirlos todos. Otras veces siento que no hay suficiente memoria, que no tengo idea, que no sé cómo hablar o escribir de lo que no sé. Tampoco sé cómo expresar la tensión que existe entre la cercanía y la distancia. Porque hay algo que me acerca a ella inmensamente, más allá de la sangre. Y hay algo que, me queda claro, me aleja por completo.

Mi tutora me repite que para un libro así es necesario nutrirse de esa inextinguible zona de la ficción, ese continente que se va ensanchando en la medida en que escribimos. Lo que no sabes, invéntalo. Y si lo que sí sabes no te gusta, cámbialo. Como si la ficción pudiera restaurar.

Con frecuencia, después de un rato me quedo con una sensación de derrota porque cuando inicié, pensé que escribir me haría ver las cosas de otra manera, que llegaría a construir una vida distinta —no sé aún si para ella o para mí—. Pero no es así.

Hay momentos relevantes en nuestra vida que no soy capaz de recordar, pero es sorprendente la precisión con que puedo revivir las insignificancias. Los montones de sal que echaba a su plato antes de probar la comida, sus cejas levantadas mientras se veía al espejo, los dedos pequeños de sus pies. La cicatriz que dejó un gato en su mejilla, su forma de gritar cuando estaba enojada.

Ya no sé si anhelo o detesto eso, lo cotidiano.

Sahure me ha escrito. Hacía tiempo no sabía de ella. Me explica que mi hermana y Sayibb van a dejar Turquía, se irán a otro país. Me cuenta que él se fue ya a sondear posibilidades. No dice a dónde, pero lo hace sonar tan sencillo.

A mi hermana la dejó en casa de sus padres. Al menos así, sin él, está tranquila. Sahure da muchos rodeos para explicarme que mi hermana tendrá que compartir a su esposo con otra mujer. Yo siempre había escuchado que en estos días la poligamia se practicaba solamente para darle techo y apoyo a una viuda, que los hombres tomaban otra esposa sólo como una forma de ser respaldo. Quiero creer que éste es el caso, pero todos mis sentidos me dicen que no lo es.

Sahure promete convencer a mi hermana de llamarnos, de escribirnos.

Lo que ahora sé:

- De su primer embarazo, mi hermana tuvo una niña que murió al nacer. Se ahorcó con el cordón umbilical. Sayyib sembró un árbol en su honor, costumbre turca.
- Un año después quedó embarazada de un niño. Año y medio después vino otro. Dos hermosos niños en los que Aisha volcó todo lo que tenía.
- Ambos bebés, también, estuvieron a punto de morir en el parto.
- Viven frente al mar, él pasa el día entero fuera de casa. Ella, con sus hijos.
- Aunque a Sayyib no le va mal en su trabajo, viven y comen modestamente para ahorrar, pues han previsto buscar una mejor oportunidad en otro país.
- Aceitunas negras, queso, pan, té negro, algunas frutas: su alimentación diaria.
- Pocos muebles, poca ropa. Una vida a la que Aisha no estaba acostumbrada, pero a la que estaba dispuesta.
- Por él, siempre por él. Todo por él.

Syl:

Disculpa por colgarte así el teléfono hace unos días. Pero mira que llamarte de larga distancia y que tu única conversación sea lo que has encontrado de tu hermana... Te amo, pero estoy cansado de esa historia.

Harto de ese libro. ¿Cuántos años tenemos ya en ello?

Es necesario renunciar. Seguir los testimonios no tiene sentido. Cualquiera con un micrófono enfrente se vuelve un genio de la ficción. ¿Cómo sabes si lo que te dicen ocurrió así? Peor: ¿cómo sabes si realmente ocurrió? Nada asegura nada.

Tienes que dejarlo.

Piénsalo, ¿a quién puede importarle una vida así? Gran cosa, una mujer deja todo por un hombre: su familia, su país, sus estudios, adopta nuevos hábitos y costumbres, agota las palabras. Eso ha ocurrido siempre, aquí y en todos lados... A estas alturas debes saberlo. Entonces dime, ¿qué tiene esta historia de especial? Pregúntatelo antes de seguir con todo esto.

Tienes tanto más qué decir, qué escribir, qué descubrir... y puedes hacerlo conmigo si vuelves a viajar conmigo, ¿te acuerdas que lo hacíamos todo el tiempo? ¿Te acuerdas cuando sólo bastaba llenar una mochila, sacar unos cuantos billetes del cajero y lanzarnos? Insisto en que deberías venir, alcanzarme, venir. Insisto en que deberías dejar de escribir esa vida y mejor vivir la tuya. Vive la tuya, vívela conmigo. Ven conmigo. Sé conmigo.

Este lugar es maravilloso, te encantaría, podría vivir aquí para siempre. Uno está desconectado de todo, hay que caminar no sé cuánto para llamar, para mandar cartas, para enterarse de lo que pasa en el mundo. Te lo digo en serio, podríamos vivir aquí para siempre, dejarlo todo. Empezar de nuevo. Casarnos. Estar juntos, para siempre.

Te extraño,
Mario

Recordar es más difícil que inventar, dice un papel que cuelga del corcho en mi estudio. En uno de los cajones del escritorio tengo a mi hermana en una de las pocas fotos que he conseguido. En sus postales. En las palabras que una vez escribió.

Pero no está ahí. Ella no está ahí.

Cuando lo pienso, me doy cuenta que tampoco está en las cejas de mamá ni en los labios de papá como todo mundo ha creído siempre. No está en las historias que me cuentan sobre ella. Todos son espacios anónimos con los cuales me tropiezo. Ella no está y no va a volver, tiene razón Edgar. ¿Por qué no puedo hacerme a la idea? Sergio me recuerda que ya van a ser diez, quince, cuántos años desde que se fue. ¿Por qué me cuesta tanto trabajo entender que la he perdido? Mis hermanos tienen razón. Patricia hizo lo que haría cualquiera: abandonarlo todo para ser y hacer.

Patricia, simplemente, decidió ser Aisha. Nos guste o no.

Me guste o no.

Escribo porque no hay nada más que hacer, pero debo admitirlo: estoy cansada de hablar de ella. Cansada de escribir de ella. Cansada de preguntar por ella. Cansada de escuchar de ella. Esto no lleva a ningún lado. La memoria siempre engaña, debería saberlo ya.

Una acomoda los recuerdos para que se escuchen y se sientan bien. ¿Cómo sé si lo que dicen es cierto? Todos podrían haberme dicho cosas que realmente nunca ocurrieron. ¿Para qué sirve saber qué pasó en su vida? Eso no cambiará nada.

Ella seguirá así porque ella lo decidió así. Gran cosa, una mujer deja todo por un hombre: su familia, su país, sus estudios, adopta nuevos hábitos y costumbres, agota las palabras. Eso ha ocurrido siempre, aquí y en todos lados. No le veo sentido a seguir tratando de hacer un estudio escrupuloso de todo esto. Insisto, no lleva a ningún lado. ¿Comprender… comprender qué? Se enamoró, se casó y se separó de la familia. Punto. Tal vez es momento de admitir que todos estos años nos ha importado más ella que lo que a ella le importamos nosotros. Ella simplemente hizo su vida, y en ella, no cabíamos nosotros.

Estoy cansada, cansada de no caber. También estoy cansada de que me importe tanto.

Cansada de escribir lo que todavía no termino de escribir.

Esto no es una biografía.

    Esto no es una novela.

    Esto no es una semblanza.

    Esto no es una memoria.

    Esto no es una crónica.

    Esto no es una investigación.

    Esto no es un ajuste de cuentas.

    Esto no es un intento por comprender.

    Pero esto, es todo eso a la vez.

    Esto, para colmo, no es sobre mi hermana, es sobre mí.

Hace un mes cayeron las Torres Gemelas.

Hoy leí en un periódico que un grupo de personas escupió en la cabeza de una mujer musulmana en algún lugar de Nueva Jersey, leí que en California se negaron a venderle pan a un musulmán como de sesenta años

Me pregunto cómo está mi hermana. Me pregunto si vive en Estados Unidos o en Canadá. ¿Será que alguien escupe en su cabeza, será que alguien le niega una barra de pan, será también ella acusada por su religión? ¿Habrá quien piense que mi hermana es terrorista?

CUATRO

Mis padres se han jubilado. Papá pasa dos o tres mañanas a la semana en el raquetbol y todas las tardes frente al televisor, su habilidad para el *zapping* se ha perfeccionado. Mamá camina a diario en el parque, ahora le ha dado por asistir a un grupo de oración los miércoles. Imagino que, para ella, hacer oración es hacer esperanza. La esperanza también es lo que le hace meter la mano en el buzón todos los miércoles.

Su nombre no se menciona, las anécdotas de su infancia no se narran, pero sé que mi hermana habita en el alma de mi madre y, quiero pensar, que aún ocupa un espacio en la mente de mi padre.

Así pasaron no sé cuántos días hasta que finalmente llegó una carta. Mamá sacó del buzón su esperanza. La imagino acariciando el sobre, abrazándolo, dándole la bienvenida, desbordando un entusiasmo contenido. Lo primero que hizo fue llamarle a papá que estaba en el gimnasio; luego, le avisó por teléfono a Sergio y le dejó recado a Edgar. A mí me dejó un mensaje en el periódico y me pidió que viniera de inmediato. Era imposible que mis hermanos hicieran un viaje o que papá dejara su rutina tan sólo para leer una carta. Pero mamá sabía que yo sí lo haría, que dejaría lo que fuera por estar ahí. No se equivocó.

¿Qué dice, qué dice?, pregunté al entrar. Mamá tenía la carta cerrada en sus manos y la mirada de niña extraviada. ¿Quieres que te la lea yo?

En la carta dice que está bien, que después de años de estar en Turquía viven ahora en Canadá con una pariente de su esposo. Platica que tiene dos niños varones, uno de seis y otro de cuatro y una nena de dos años. ¡Tres hijos!, exclamo y mi madre me calla, continúa, dice, continúa.

Mi hermana cuenta que les enseña a los niños un poco de español y que les gusta mucho el sonido de la "ch". La nena está pequeña aún, es hermosa, se parece tanto a Sylvia. Se disculpa por no mandar fotos. Platica que hace mucho frío, que no sale, y para entretenerse, teje todo el tiempo, hace suéteres y bufandas para los niños, aprendió a hacer calcetas de lana y está haciendo un chal para el invierno. Pienso en cubrir y calentar, también pienso en una niña que se parece a mí. ¿Y te acuerdas mami cómo me chocaba tejer?, ahora lo hago todo el tiempo.

Explica que su esposo es bueno, de veras bueno. Que ha cambiado. La deja ir al parque con los niños e ir al centro comercial los domingos. Hasta la deja manejar de vez en cuando. *Hasta*. Deja de comentar y sígueme leyendo, me regaña mi madre.

Mi hermana admite que siente nostalgia por México, por nosotros. Es un párrafo solo, un párrafo separado de todo lo demás, un párrafo con letras que parecen no querer formarse del todo. Como si no se atrevieran a comunicar. Mi hermana escribe que nos extraña, nos pide disculpas por la forma en que las cosas ocurrieron, por el silencio y la distancia.

En especial por la distancia.

Su letra es perfectamente legible, bonita, como si se hubiera tomado todo el tiempo del mundo para que cada palabra luciera bien. Para que cada letra destaque. Escribe que todo ha sido como Dios lo ha querido y acepta su quieta vida como una recompensa. Los milagros, aún sencillos, también son milagros. Nos confiesa que siempre hay un lugar para nosotros en sus oraciones, que nos desea siempre lo mejor: salud y alegría.

Al final describe lo difícil que fue enviar esta carta, que lo hizo sin que él supiera pues por el momento él no entendería. Sayyib pensaría que ya no quiero estar con él o algo así. Ustedes no lo conocen, dice.

No lo conoceremos, digo yo. Mamá me dice, sshht, sigue leyendo.

Pide entonces que no le escribamos de regreso y que tampoco le llamemos porque podría ser problemático. No entiendo entonces por qué anota su teléfono con todo y lada al pie de la carta. Pide que entendamos sus decisiones. Expresa su agradecimiento, su amor, su enorme amor.

Firma de manera sencilla, Aisha.

Mamá llora, me abraza, sonríe como si acabáramos de recibir buenas noticias. Pero estas no pueden ser buenas noticias.

Lo son, son buenas noticias, dice.

Paso días pensando en la carta y en lo que no dice la carta.

La carta no dice lo que yo sí sé, lo que Sahure me ha escrito en los últimos meses y lo que he prometido no decir a nadie. En la carta mi hermana no platica que antes de mudarse a Canadá estaba más delgada que nunca, que tenía que tomar medicamentos constantemente por un dolor que se ha vuelto crónico. Tampoco dice que Sayyib vive ahora con su otra mujer y turna sus días con ella y con mi hermana (con la venia del Profeta) quien, además, tiene que ingeniárselas para hacer rendir el gasto. No describe cómo terminó con dos costillas rotas y, por supuesto, que a los meses de llegar a Canadá perdió otro bebé.

No, no dice esto porque ¿para qué? Los planes de Dios no están a juicio.

No incluye, tampoco, detalle alguno sobre la ocasión en que intentó escaparse, la noche esa en que se fue a la embajada a pedir refugio y nadie le abrió. La noche en que terminó en un hotel de tercera con sus niños llorando por papá hasta que papá los encontró y los llevó de regreso a casa, no sin antes darle a mi hermana una golpiza. Mi hermana no platica que fue Sahure quien la sacó del cuarto de servicio donde Sayyib la había encerrado sin derecho a comida y agua por más de tres días.

Mi hermana no dice absolutamente nada de todas las veces que él la golpeó, no habla de la nariz que otra vez le quebró, no habla de los golpes en el vientre en cada uno de sus embarazos. Eso no lo sabemos más que Sahure y yo, y ni Sahure y yo hemos sabido qué decir. Ninguna de las dos hemos hecho nada. Brazos cruzados. Nada. Nuestro silencio nos hace cómplices del abuso. Todas traemos el velo.

Mi hermana no cuenta nada de eso porque, ¿cómo se escribe de eso?, ¿cómo se les dice a los padres que se vive algo *así*? Que una y millones viven algo *así*.

Papá se enfermó días después de la carta. Nada nuevo, ese problema con su cuerpo que sigue ignorando. Como si la operación no le hubiera enseñado nada. Tantos años de trabajar con médicos y qué resistencia para hacer cita con uno.

Mamá me ha pedido que venga para ver si yo lo puedo convencer. Busca entonces mi tarjeta de seguro médico, dice. Parece que el favor me lo hace a mí. Su archivo es un lío, se mezcla con el archivo de toda la familia. ¿Guardas aquí mi boleta de quinto grado junto con una receta de hace cinco años?, pregunto. Tú sigue buscando, me dice.

Entonces nos topamos con un documento fechado en 1990. Antes de leerlo reviso el pie de página. Lo escribió Patricia.

En respuesta a su invitación de diseñar un seminario para los estudiantes de la Universidad, le adjunto a continuación una descripción detallada del curso (objetivo, temas, evaluación).

SEMINARIO DE PLANEACIÓN GENERAL Y REGIONAL de MÉXICO
Departamento de Economía, Universidad Nacional

Objetivo

Proporcionar al alumno una visión integral sobre el conocimiento de la planeación para el desarrollo urbano, regional y municipal, desde el punto de vista económico, con el fin de habilitarlo para participar en forma interdisciplinaria en la búsqueda de soluciones con el máximo de racionalidad, a los problemas que presenta el crecimiento acelerado de las ciudades.

Temario

- Los economistas ante la planeación nacional, regional y urbana.
- Conceptualización sobre crecimiento, planeación, desarrollo, organización territorial.
- Análisis general del proceso de planeación económica en México, a través de sus impactos espaciales y tendencias.

Las actividades se realizarán en el marco de la investigación, discusión en colaboración, exposición de puntos de vista, reflexión y confrontación de criterios para llegar a las conclusiones de los temas de estudio.

Es este papel, y no la carta de mi hermana que llegó semanas atrás, lo que arrastra a papá a un punto desconocido. Se queda sin aliento, el aire se le escapa. Cierra el cajón. Le grita a mamá para que ella le busque el pinche papel del seguro médico que yo no he podido encontrar para él y solamente vine y revolví todo.

Vine y revolví todo.

Syl:

Tú misma lo has dicho: Cuando escribes de tu hermana escribes sobre ti. Cuando temes por Patricia, temes por ti. Me gustaría decirte esto de frente. Decirte que tu escritura es tan frágil como la vida que llevas. Nadie te pidió que te quedaras, nadie te dijo que si la otra no estaba eras tú quien tenía que hacer el papel de hija en casa, aliviar las cosas entre tus padres, organizar las Navidades, los aniversarios.

Sylvia, eres como tu escritura. Lo sé porque tengo años leyéndote. Eres así, una mujer de palabras cortas, de puntuación constante. De oraciones breves, monosílabos. Hazte un párrafo grandotote y en desorden. Ámame por encima de todo. Puedes hacerlo, puedes hacer que sea, lo que quieras. Podrías hacerlo conmigo en vez de andar hurgando vacíos.

Me voy deseando que me alcances, que vengas conmigo y explores el mundo, explores otro mundo.

M.

Mario tiene razón.

Cuando escribo de ti, escribo sobre mí.

Cuando temo por ti, temo por mí.

Cuando pienso en ti, pienso en realidad en mí.

En la vida, la fragmentada vida.

En la narrativa, la frágil narrativa.

La delgada línea de la historia.

La trama de mi vida que es también la tuya. O al revés.

Tu ausencia me obligó, ¿sabes? El papel que me tocó desempeñar en casa era el de aliviar las cosas, hacer que todo estuviera bien. Crecer, estudiar, ser. Sonreír. Reemplazar tu vida, la que no vimos.

Lo mío es un terremoto de identidad.

Yo no tengo idea de quién soy.

No lo sé.

Pero debo averiguarlo, una vida se gesta en mí y no puedo seguir así, no puedo no saber quién soy.

Hay días buenos, días en que sólo tengo ganas de acariciarme la panza y dejar que mi madre me desenrede el cabello mientras las dos vemos una muy mala película.

Estoy viviendo en casa de mis padres. Desde que Mario se fue y porque Mario no regresó. Yo no sabía que estaba esperando un bebé cuando le dije adiós. No veo caso en decírselo. Sé que podría decirle que tendremos un hijo y regresaría de inmediato, ¿pero es eso lo que quiero? Mis padres no cuestionan nada, me abrieron la puerta y me acomodaron en su vida como si nada hubiera pasado. Parece que comienzan a acostumbrarse a no hacer preguntas ante las decisiones de sus hijas.

El embarazo y la separación me hacen dormir horas y horas. Hay días que lloro, días en que no paro de llorar y días en las que decido que la vida se resume fácilmente. Dirijo mi sección del periódico desde la sala, la cocina, desde mi cuarto. La casa de mis padres se ha vuelto mi refugio, mi despacho. Mi lugar desde el que dirijo el mundo.

Hay días malos. Días en que sólo quiero voltear el calendario, demoler los días, las horas, los minutos y que este ser que vive dentro de mí salga y punto. Hay días en que quiero tomar el teclado, deletrear violentamente en él y sacar de mí todo este miedo, toda esta angustia, todo este sentimiento que nada tiene que ver con mi hermana o con Mario, sino conmigo. Miedo es lo último que quiero dentro de mí.

El mundo se revierte sin que una se dé cuenta.

Así ocurrió hoy.

Una mañana de tantas se convirtió en una mañana de pocas. El teléfono sonó en la madrugada. Todos saben que, a esas horas, no hay noticia buena. Papá contestó. Una voz femenina, ajena, a distancia preguntó: ¿eres tú, papá? Papá acertó a decir: no, está usted equivocada. La voz repitió: soy yo papá, tu hija. Él, a pesar de estar más dormido que despierto sabía que ésa era una llamada equivocada porque su hija, o sea yo, dormía en la otra habitación. Si no lo dijo, lo pensó: mi hija está aquí. Y colgó. Mamá despertó. ¿Quién, qué? Nada, nada.

Yo también escuché el teléfono y tampoco caí en cuenta. Regresé a mi sueño. Eran las 6:00 am. El teléfono volvió a sonar. Esta vez fue mamá quien tomó la bocina. Papá volvió a la almohada. ¿Quién habla? Y la respuesta le devolvió la vida que la deshabitó por tantos años: soy yo, tu hija, soy tu hija. Para ella no hubo confusión, esa era la llamada que había esperado siempre.

Es Paty, es Patricia, gritó mamá. Papá se incorporó, se levantó y vino por mí. Nos sentamos a la orilla de la cama. Mamá lloraba, mamá sonreía, mamá asentía. Papá entonces me tomó de la mano y con una vergüenza en el rostro que nunca le había visto, me dijo: no la reconocí, no la reconocí. No supe.

Comencé a sentir algo en mi vientre. Tardé en entender que ese movimiento era mi bebé abriendo espacio y haciendo presencia. Moviéndose entero y pequeño. No me atreví a decirles nada. Mi madre estaba ocupada en su emoción, mi padre, en cambio, atrapado en una infinita tristeza. Y es que, cuánto tiempo y cuánta vida tienen que transcurrir para que un padre no reconozca la voz de una hija.

Flaca:

Veo que sigues con esta obsesión de la hermana. Me pides que te diga qué pienso, qué recuerdo de ella. Aquí te va.

Ella era la grande, la mayor, la que lloraba con la ausencia de la abuela, la que estaba en la habitación de al lado o tres grados arriba en la primaria, la que siempre nos sacaba a Sergio y a mí de cuanto aprieto. Era la que después nos acusaba si el aprieto era demasiado.

Si doy saltos en la historia puedo decir que Patricia fue la que del romanticismo de la prepa pasó al socialismo de la universidad. Mamá dormía a ratos porque en su memoria el octubre del 68 estaba todavía demasiado fresco. Hicieron todo para impedir que ella anduviera metida en el movimiento y nosotros con ella. Juntos cabalgamos por las calles, los amigos, la música. Mucha, mucha música y tardes caminando con la Cacha, el Morsa, el Wero, la Nena, con quienes después aprendimos a beber cervezas, preparar vodkas, armar fiestas. Discutíamos política y futbol como si fueran lo mismo. Patricia era con quien huíamos de las pedradas por andar haciendo pintas en los muros. Correr enojados, enardecidos, insultando al mundo.

Cuántas veces terminamos en una cafetería, en el recuento de los daños y dándonos cuenta de que el dinero había caído en la huida y que había que preparar otra para poder irse sin pagar ese café, esa soda, esa rebanadita de pastel. Cuántas veces.

Patricia era la economista, la integrante del partido socialista unificado de México, la puños bien altos. Se liberó del destino chico y se fue a otro país. De despedida nos regaló sus más preciados discos y libros. A ti, ¿qué te dejó a ti? Una bola de dudas, supongo. Digo, por eso te has clavado averiguando sobre ella, ¿no?

Luego llegaron los años de pegar otros saltos, de vivir lejos, de whiskies en los pubs, de lágrimas por las calles bajo la lluvia y el cielo gris de otro país. Yo la imagino así, envuelta en un abrigo y con la gana de volver a casa puesta también en los hombros.

Decía que Marx no creía en Dios. Luego dejó de creer en Marx para creer en Dios. Se convirtió en otra mujer, una que rezaba a ciertas horas y a cierta dirección varias veces al día. Una mujer de oscuras telas que ya poco se parecía a la hija mayor de nuestra familia.

Nació en los casi sesenta y fue medio hippie por eso. En los setenta tuvo un alma de rock. En los ochenta bailaba disco y se rebelaba por sus causas. En los noventa tomaba fotos del underground punk. Pero llegó la religión y con ella se fue todo a pique. Ya sé que nadie lo dice abiertamente, pero todos sabemos que no va a volver. No vamos a verla de nuevo, aunque haya escrito, Patricia se mantendrá igual, a distancia. Sólo tú y mi mamá ejercen la esperanza. Eso se hereda, creo. A mí no me tocó, tampoco a Sergio.

Me preocupa que sigas con esto. Me preocupa que tu vida se vuelva esto. Buscar a la que no está. Me preocupas y creo que es la primera vez que te lo digo. No sé, a lo mejor si pudiera tener un poquito de esperanza la utilizaría para ti, para que dejes atrás esto.

Escríbeme, cuéntame cómo va tu trabajo, cómo te has sentido, qué cuentan los viejos.

Edgar

Quería escribir una novela sobre mi hermana. Una novela construida a partir de la memoria familiar. Contar esa historia que toda familia tiene y que se siente digna de ser recordada, porque quien la protagoniza es aquel integrante que quebrantó alguna regla, lealtad, patrón, alguna tradición. Yo quería una novela armada de versiones, a veces confusas, otras contrapuestas. Escribir a partir de conjeturas. Quería revivir y disfrazar. Distorsionar la realidad lo necesario para derivar en la ficción. Y conforme lo hacía me di cuenta de que eso no era posible.

Desde que intento narrarla advierto que, si me acerco demasiado, me alejo de mí. Sé lo que deseo contar y cuál sería la forma ideal, pero apenas comienzo una página, mi hermana o mi personaje se me pierde de vista y me quedo suspendida en el aire. Sin saber qué sigue.

Tengo la sensación de que al escribir desescribo. Que al crear, al inventar, borro el verdadero rastro de ella. Este libro es parte realidad, parte ficción. Ya no sé dónde inicia una y dónde acaba la otra. Al final del invierno no quedará nada. No he pensado cómo terminar de escribir porque sé que no hay forma de terminar de escribir, sé que al final seguiré teniendo las mismas dudas. ¿Soy yo la que está envuelta en hábitos, apegos, antipatías, y rastros confusos? Pronto no tendré ya nada que escribir. No sabré qué inventar. Las páginas serán menos cada vez, los párrafos se irán acortando, como las posibilidades de volver a ver a mi hermana.

He pensado en pedirle a Sahure que no me escriba más, que no me cuente más, no quiero saber lo que mi hermana le platica cuando hablan por teléfono o cuando se escriben. ¿Será que lo mío son celos porque hablan por teléfono y se escriben, como si las hermanas fueran ellas? ¿O será que en el fondo no quiero saber porque lo que más quiero es saber? Y es que enterarme de todas esas terribles anécdotas en las que mi hermana siempre es la víctima de un hombre que juró amarla se ha vuelto un deseo casi morboso. Es como dolerse y disfrutar al mismo tiempo mientras te quitas la costra de una herida que no sabes ni cuándo te hiciste. Una herida que no quieres que sane del todo. Mi hermana es mi cicatriz.

Cuando alguien comienza a hablar de ella inicia con: Paty siempre fue muy independiente, era de carácter fuerte.

Cualquiera pensaría que eso, su personalidad, es la razón única por la cual no se puede entender su vida hoy, pero tal vez es al contrario. Tal vez es precisamente su antigua forma de ser lo que la hizo cambiar. Tal vez ya no quería ser independiente, quería que alguien la cuidara y reblandeciera su carácter. Pero Sayyib nada cuida y nada reblandece.

O tal vez mi hermana nunca fue independiente o de carácter fuerte, tal vez ésa era sólo una imagen que dio de sí. O tal vez su Dios la convocó a la sumisión.

Ésta es una de las cosas que nadie sabrá a ciencia cierta. Lo escribo para afirmármelo a mí misma.

Una vez al mes el teléfono suena antes de que salga el sol, es ella al otro lado de la línea. Llamada por cobrar desde Canadá, ¿acepta?

Ellos dicen que sí, siempre dicen que sí. Yo me quedo en mi habitación, la llamada es para ellos. Le canto a mi hijo recién nacido. Cuando cierra los ojos, yo también los cierro e imagino a mis padres así:

Se sientan juntos para oír la bocina, uno de los dos la sostiene, el otro sugiere preguntas a señas. Los dos escuchan. Son como esos niños que toman turnos para divertirse en un columpio. Uno sube, baja. El otro empuja. Luego al revés.

Les pregunto cómo es que les puede llamar, ¿acaso él le da permiso? Él no está, dice mi madre. Parece que trabaja mucho. ¿Y si trabaja mucho por qué le tomó tanto tiempo a ella llamarnos? ¿Por qué esperó tanto tiempo? Mi madre ignora mis preguntas, hace caso omiso de ese hervir de razones que quiero comenzar. No importa, dice, lo que importa es que esté llamando.

Mis papás hablan de esas llamadas con todos sus amigos, se arrebatan la palabra para contar, para decir, para dar los detalles de sus nietos que hablan inglés, turco, leen en árabe y saben cantar dos o tres canciones en español. Su felicidad es indescriptible. Como si no existieran miles de kilómetros y una doctrina extremista entre ellos y mi hermana.

Hablar de ella les hace bien, mucho bien. Es lo más cercano a tenerla aquí, en sus brazos. Como cuando nació y le habían encontrado un nombre.

Mi hijo tiene siete meses, he encontrado una guardería para él y valor para mí.

Les he dicho a mis padres que estoy lista para volver a mi departamento, para hacer de ese lugar un hogar. Mi hogar. Nunca pensé que reaccionarían así, nunca pensé que mi noticia despertaría viejas tristezas. Papá me pregunta qué es lo que han hecho mal, todos mis hijos se alejan, se marchan, se van.

Mamá me insiste que no tengo que probar nada, que puedo dejarme ayudar, que ellos se encargan de David mientras yo trabajo. Así no lo mandas a la guardería, sólo se va a enfermar, no lo van a tratar como nosotros. Tu hermana no mandó a sus hijos a la guardería y están bien.

Es probable que no haya escrito de esto, de esa manía que tiene mi madre de compararnos a las dos a toda costa. Es probable que yo misma, nunca lo hubiera notado, tan ensimismada he estado buscándola a ella que he ignorado que mi persona ha crecido a pesar de ella.

Me enoja sí, pero al mismo tiempo, lo entiendo. Mientras yo he investigado y escrito sobre mi hermana, mis padres solamente han vivido con el peso de su ausencia a solas. La escritura fue un refugio para mí, ellos no han tenido alguno. Ellos han vivido pensando que mi hermana no se fue, sino que los dejó. Mis padres, como todos los padres, se culpan por la vida que ha llevado mi hermana. Me ha costado muchas palabras y muchas lágrimas convencerlos de lo contrario. Y ni siquiera sé si lo he logrado.

Me ayudan a meter mis cosas en el carro, llenan de besos a mi hijo y me dicen adiós como si yo no fuera a vivir a veinte minutos de su casa, como si no nos volvieran a ver, como si yo, de nuevo, fuera mi hermana.

Cuando me pongo al volante y les digo adiós con la mano, una certeza comienza a acariciarme. La certeza, por supuesto, llega entera a mí, unos minutos después. En la radio empieza a sonar *The horse with no name*, la canción favorita de mi hermana. Canto: *in the desert, you can remember your name, 'cause there ain't no one for to give you no pain*, y entonces me doy cuenta de que claro que mis padres se despidieron de mí como si no me fueran a volver a ver, me han dicho adiós como si yo fuera mi hermana porque todo este tiempo he sido mi hermana. En este desierto puedo recordar mi nombre porque ya no hay nadie que me duela.

Yo ya no soy mi hermana, tengo un nombre, Sylvia. Sylvia.

Y es que había pasado tanto tiempo siendo hermana sin saberlo que olvidé ser yo, olvidé ser Sylvia.

Sylvia.

En el camino de encontrarla a ella, me perdí yo.

Perdí el nombre,

las riendas,

el rumbo,

perdí.

Es de noche, mientras mi hijo duerme y el silencio reina en un departamento semivacío, escribo:

Soy Sylvia y llevo tanto tiempo siendo la narradora, la investigadora y la intérprete de este cuerpo textual, que me he olvidado de mí. No cabe duda, la vida, como los libros, no se inventa, se descubre mientras se escribe y yo quiero descubrir quién soy en esta historia, en mi historia.

Comienzo mi historia cerrando la computadora y sacando mis cosas de las cajas que me acompañan desde ya no sé cuándo. Desempolvo mis pocos muebles, acaricio las paredes, recorro con los pies descalzos cada una de las habitaciones de mi vida.

Tomo un martillo y un clavo. Cuelgo la fotografía que los del periódico me tomaron en mi baby shower. Estoy yo, miro mi panza como tratando de adivinar la vida.

Los golpes, obviamente, despiertan a mi hijo. Pero el suyo no es un llanto, es un llamado. Me asomo a su corral y me sonríe porque sabe quién y qué soy. Lo cargo, me acuesto en la cama y lo pongo sobre mi pecho, su oreja sobre mi corazón, mi mano en su espalda. Estamos en casa.

Primero estaba inquieto, después sentí a David un poco irritado, con mi mano como termómetro supe que tenía un poco de fiebre. Babeaba tanto. Comencé a preocuparme e hice lo que cualquier madre, corrí al pediatra.

Le están saliendo los dientes, eso es todo, me dijo el médico con un tono que, asumo, sólo usa con nosotras las primerizas. Dentición para principiantes. Mientras me mostraba esas dos pequeñas líneas blancas en las encías de mi pequeño, me recomendó comprarle una mordedera y un medicamento para dormirle un poco las encías. Para la temperatura, unas gotitas de ibuprofeno infantil.

Pero, aunque la temperatura bajó, ni las gotas ni la mordedera lo tranquilizaron. David lloraba y lloraba, agarraba el trapito que usa para dormir y lo chupaba, lo mordía en un intento sobrehumano por quitarse esa molestia.

Yo me sentía inútil, él luchaba mientras yo contemplaba, llorando, la batalla.

Entrada la noche, le llamé a mi madre que de inmediato llegó a casa. David y yo llorábamos inconsolables la formación de su boca.

Tomó a David de mis brazos, lo meció hasta la cocina. Tomó una cuchara, la metió al congelador y mientras lo sostenía le cantaba, la mocita, la mocita, la calabacita. La canción que me acompañó todas las veces que lloré por caídas, regaños, tonterías, la misma que seguro tranquilizó el llanto de mi hermana y de mis hermanos, buscaba calmar a un bebé y, de paso, a la madre del bebé.

Tomó el trapito y parecía que cuando le limpiaba los hilos de baba a David limpiaba también los hilos de mi memoria. ¿Podría yo alguna vez tener su temple y maternar, como ella lo hizo, no una, sino cuatro veces? Todos babeábamos en esa casa menos ella.

Saca la cuchara, me dijo, ahora dásela primero en la mano, que se haga a la temperatura, sí, así. Verás que él solito, eso, ¿ves?, se la mete a la boca. La sensación los entretiene. Pero si tiene una mordedera, le dije. Inventos, me dijo, la cuchara no falla.

¿Cómo se aprende a ser madre? ¿El frío, la cuchara y la temperatura?

Tú ni con la cuchara te calmabas, te metías el puño entero a la boca y no había quien te lo sacara, era lo único que te aliviaba. Mi madre maternando siempre.

Después de jugar un rato con la cuchara, David comenzó a bostezar y cayó rendido. Pero que no se diga que perdió la batalla. Mi madre lo acomodó en mi cama, dos almohadas de cada lado. Lo mejor es que duerma hoy contigo, y ten un par de cucharas ya en el congelador, no te preocupes si están muy frías, él mismo la rechazará y la tomará cuando quiera. Va a aprender solito, no se les puede ahorrar todo el dolor. Claro, economía de los sentimientos, pensé.

Mi madre me mandó a bañar. Anda yo lo cuido, tómate tu tiempo. En la regadera seguí llorando, no sé por qué, pero ni el puño en la boca me tranquilizó. Salí, mi madre tomó un peine y me desenredó el cabello, me dijo: ser madre no es fácil, pero nada lo es. Qué bueno que fuiste al médico y qué bueno que me llamaste, hay que saber pedir ayuda. No te preocupes, sólo se ponen así con los primeros, ya luego es francamente normal. Es que, imagínate que te esté saliendo un hueso de un lugar tan delicado como las encías.

Chiquito, mira qué hermoso se ve así dormidito. Qué bueno que decidiste tenerlo. Considerando que en la época de mi madre tener o no tener hijos no era una cuestión de elección, oírla decir esto me pareció increíble. Un atisbo de feminismo tal vez. Un *de mujer a mujer*.

Nos servimos cada una, una taza de leche tibia con canela hervida y nos sentamos a platicar, como siempre o como nunca, no lo sé. Una mujer sabia y, además, mi madre. Tenerla cerca me sosegaba.

Cuando se fue, por supuesto, pensé en mi hermana. ¿Cómo le hizo ella para sobrevivir embarazos y partos sin mi madre? La imaginé con un puño en la boca, su vida un alargado dolor de encías sin remedio. Sin cuchara. Sin sosiego.

Estoy con mis padres cuando suena el teléfono, pareciera que las llamadas importantes siempre ocurren cuando estoy aquí. Una mujer le habla en inglés a papá. No entiendo, toma tú. *Yes?* Es una enfermera llamando de un hospital en el otro extremo del continente. Me dice que está llamando de parte de Mrs. Aisha Buruk para hacerme saber que ella está en observación desde ayer.

Le pregunto qué ocurrió y me dice que no puede darme todos los detalles. Tiene fracturas y golpes en todo el cuerpo. Llegó desde anoche y en este momento está un oficial de policía tomando su testimonio. Me da un número al que puedo marcar un poco más tarde para localizar a mi hermana y ponerme en contacto con ella. ¿Qué prosigue?, le pregunto. Me explica un poco el procedimiento y me sugiere que un familiar o amigo cercano esté con ella. Le pregunto, antes de colgar, cómo está mi hermana. Estable, me dice.

¿Qué significa estable cuando una mujer termina en el hospital después de que su esposo la golpea hasta dejarla inconsciente? ¿Qué profeta hay, qué juramento, qué derecho? ¿Qué sostiene la estructura de la violencia, quién les dijo que nos pueden tocar?

Le pregunto por los niños y me dice que la vecina que la trajo al hospital se los ha llevado a su casa. Al parecer fue ella quien les dio nuestro número.

Cuelgo.

Miro de frente a mis padres que ya para entonces saben que algo ocurre. No les puedo mentir. No voy a seguir ocultando la vida de Aisha.

No hay más noticias de mi hermana desde aquel incidente. No hay forma de localizarla. ¿Volvió con él o lo dejó?, nos preguntamos todos. La novedad es que lo hacemos en voz alta. Nadie hace como que *eso* no ocurrió, ninguno de nosotros finge no entender.

Hace tanto que se fue, tantos años de su única visita, tantos otros desde que supimos que ella estaba en el hospital, nada por otros tantos años. De vez en cuando, en medio de una comida o una película en casa, alguien —mi papá, mi mamá— me preguntan, pero ¿qué fue exactamente lo que te dijo esa enfermera? Lo mismo hacen mis hermanos en sus breves llamadas de larga distancia. Me canso de repetir lo mismo. Como si repasar los hechos una y otra vez permitiera entender lo que, en realidad, nadie quiere entender: ella se fue, se casó con un hombre y una religión ajenas a todo. Mi hermana esto, mi hermana lo otro.

En la familia nadie nunca va a entender ni *esto* ni lo *otro*. Mi familia sólo entiende que el amor, el intenso amor que se siente por ella, viene acompañado de un intenso dolor. El dolor por su amor. Aprenderemos eventualmente que dolor y amor pueden cohabitar. Es la lección que aprendimos de ella. Una falsa lección.

Cada uno de nosotros, mis hermanos, mis padres, yo, continuamos con nuestras vidas. Celebramos cumpleaños, Navidades, le damos la bienvenida a cuántos inicios de año. Y ella, mi hermana, es sólo el minuto ése, el minuto diario en que tu mente mira su rostro, su recuerdo.

Mi hermana es un recuerdo. Un recuerdo que se cubre el cabello y los brazos, un recuerdo que camina detrás de un hombre, que no habla con extraños, un recuerdo regido por la devoción a un profeta.

No he pensado en cómo terminar de escribir porque sé que no hay forma de terminar de escribir, sé que al final seguiré teniendo las mismas dudas. En este libro soy yo la que está envuelta en hábitos, apegos, antipatías, telas y velos.

Sigo siendo mi hermana y no puedo serlo.

Desescribo y desescribo.

¿Será posible que, en vez de escribir para un lector que no sé si existe, deba yo escribirle a ella, a mi hermana?

Desescribo y escribo.

Querida hermana:

Es un día tranquilo. Mi hijo, a quien no conoces, juega afuera. Hasta mi escritorio llega la pelota, su golpeteo. Atrápala, atrápala. Si pudieras escuchar sus risas. Tengo toda la mañana escribiendo. Hace calor. El sol se ha ido metiendo poco a poco hasta hacer completa posesión del estudio. Se acerca el verano.

La última vez que nos vimos tú estabas recién casada y querías ser mamá, yo era apenas una niña. Cuántas cosas han pasado entre esa época y ésta. Cuánto hay que no sé de ti y cuánto que tú no sabes de mí. ¿Por dónde empezar?

Pasé muchos años investigando sobre ti. Escribiendo sobre ti. Si tú supieras todo lo que hice. No pensaba en otra cosa. Un día Edgar me llamó, siempre he hablado más con él que con Sergio. Me dijo: flaca, vente yo te pago el boleto de avión. Yo pensé, no sé, yo pensé que me iba a consentir unos días y ya. Me mostró el hilo de mi vida. Lloré tanto, lloramos tanto. Fue una noche larguísima. Estuvimos despiertos hasta esa hora en que en el cielo ves a la luna transparente por un lado y el sol naciente por el otro. Iba por unos días y me quedé semanas con él. Sergio vino a visitarnos un par de ocasiones, en una de ellas vino acompañado de Mario. Mario después sería mi novio, mi pareja, mi editor de cabecera. Años, años después me daría un hijo.

Pero antes del hijo, Mario me regaló el mundo. Él y yo viajamos por todos lados con mochila al hombro. Estuvimos en el país donde ahora vives, yo no sabía si tú estabas o no ahí, pero igual lo incluí en nuestro itinerario. No tuve que decirle por qué, en vez de ir al Mediterráneo, tomábamos hacia otro lado. Él sabía que yo quería buscarte. Le pregunté, ¿y si vamos a la embajada y si buscamos un directorio telefónico y si tocamos puertas? Mario me regresó a la lógica. Volvimos al plan de turistas. Visitamos los templos, los púlpitos, escuchamos el sonido de la ciudad a la hora de la oración. Disfrutamos todo lo que tú describiste alguna vez.

Y luego me dio por escribir de ti. Escribía un libro para tenerte o para entenderte, no sé. Mario una vez me dijo: cuando escribes de ella, escribes realmente de ti. Tardé en entenderlo. No me había dado cuenta lo cansada que estaba. Tenía años escribiendo algo que estaba destinado al fracaso. Preguntaba, buscaba, reconstruía, pero el pasado nunca es igual cuando se narra en el presente. En mi cabeza te tenía configurada más como personaje que como hermana. En mi cabeza me tenía configurada más como tu hermana que como persona. A lo mejor creía que si dejaba de escribir de ti, entonces ya no ibas a existir y yo no iba a entender.

Ahora no necesito entender. No todo se tiene que entender.

Te quiero, a veces te extraño. El tiempo, la distancia y las circunstancias no cambian eso. Lo acomodan en otro lado, tal vez. Hay sentimientos que se pueden acomodar en la repisa más alta para que nadie los rompa y se pierdan para siempre. Se quedan ahí.

Trabajo en un periódico. He recorrido una y tres veces todas las secciones. Así como escribo en la policíaca, a veces lo hago en la de espectáculos. Antes tenía un problema con eso, ahora no. Me digo que es como estar en todas partes y en ninguna. Probar de todo y no asumirse parte de nada.

Tengo un hijo, se llama David, le he dado el gusto a papá. Nunca le he hablado de ti, quizá ya sea momento, quizá ya pueda platicarle que tiene una tía que se llama Aisha, una tía que vive lejos y que, de estar aquí, lo amaría como yo.

Tengo que confesarte que escribirte a ti y no de ti es reconfortante, me hace sentir a salvo. Es como si estuviéramos cerca la una de la otra, es como si fuéramos cómplices, es como si supiera que de un momento a otro fueras a llegar para convencerme de que llevemos a los niños al parque y que ellos jueguen mientras nosotras platicamos. Escribirte a ti es como tenerte.

A lo mejor un día, finalmente, estarás aquí o, al menos, sabré dónde estás. A lo mejor un día podré entregarte ésta y todas las cartas que te he escrito y contarte ésta y todas las cosas que he hecho en mi vida para entender que tú eres tú y que yo soy yo.

Yo soy yo.

Porque, hermana mía, finalmente me queda claro que tú eres tú y que yo soy yo. Y mira que casi me pierdo en el camino cuando decidí volverme una experta en tu vida en vez de vivir la mía. Casi. Ahora vivo la mía, escribo la de otros, observo la de mi hijo.

La pelota ha dejado de botar. La puerta de mi casa se abre y luego se cierra. David me llama, me pide un jugo, un vaso de agua, una soda, un vaso con algo, mamá, algo. Así que es hora de dejar de escribir y darle eso, darle algo.

Dejo esta carta a medias, pero está bien. A veces también es bueno dejar las cosas a medias. He comprendido que las cartas, los libros que se quedan a medias, también dicen algo. Y yo, aquí, ya he dicho algo.

Con amor, Sylvia.

Desde un avión nocturno, el arribo a una ciudad se adivina por las luces, las mínimas luces que se van haciendo más, se multiplican hasta conformar un solo cuerpo. Los pasajeros observan el destino que se aproxima. Rostros de alivio, alegría, cansancio, indiferencia, ¿qué más se siente al llegar a una ciudad?

En las alturas y en la oscuridad, el arribo se adivina por las luces que se van multiplicando, hay muchas más luces, luces rojas, blancas, verdes, la sensación de que la Navidad alumbra la ciudad. El avión comienza a alinearse hacia la pista. Algunos pasajeros muestran alivio; otros, cansancio. Pero es alegría lo que distingue a la gran mayoría. Como lo hacen los pequeños pasajeros, en la segunda fila. Su emoción los delata. Imagino que antes de que una voz les informe que el avión está por descender ya tienen los cinturones bien abrochados y miran por la ventana. Estoy segura: miran por la ventana.

El aeropuerto, como la ciudad, luce focos de colores, además de diversos árboles de Navidad. Todo mundo se mueve con velocidad. Los que tienen prisa por subir a un avión, los que tienen prisa por salir de una sala y los que tienen prisa porque llegue un avión, esos somos nosotros.

Los pasajeros comienzan a aparecer por la sala. David, mi hijo, se pega al cristal y me pregunta, ¿piiimos?, ¿dónde? Mi papá, en su papel de abuelo, le dice que ya pronto, ya prontito, ya casi. David sonríe. Se parece tanto a tu mamá, me dice. Mi papá aún no se hace a la idea de que ella ya no está más que en los ojos de mi hijo. Yo tampoco. Edgar le pone un brazo en el hombro y luego señala hacia el interior de la sala: ahí están, ¿los ves? Es entonces que vemos a mi hermano Sergio y a su esposa. Cada uno con maleta y niños en mano. Gemelos idénticos. Cuando cruzan la puerta todo es abrazos y cariños.

Rumbo al estacionamiento hablamos brevemente del vuelo. ¿De qué otra cosa podemos hablar?

Hemos venido en dos carros, dividimos personas y maletas en ambos. En las cajuelas guardamos, también, las conversaciones que habremos de sacar más tarde, cuando todos estemos en casa, sentados en el comedor y podamos por fin hablar y reír y llorar por la muerte de mi madre, por la ausencia de mi hermana, porque estamos juntos ahora. Después quién sabe.

Vivian Gornick, al hablar de su proceso en *Apegos feroces* dice que una vez que comprendió que para poder contar su relación con su madre tenía que convertirlas a ambas en personajes, su escritura fluyó. "La devoción a esa narradora, a ese personaje, me absorbió tanto mientras escribía el libro que a diario ansiaba encontrarme con ella, con esa otra que contaba la historia que mi yo cotidiano no habría sido capaz de contar".

En este libro nos volví personajes a mí y a mi familia, así tuve la oportunidad de encontrar o reencontrar los vínculos que nos ligan con mi hermana. Me he permitido jugar con la memoria y con la especulación, me he dispuesto a ejercitar mi curiosidad, le he confiado al lenguaje y a la forma, no mi historia, sino la historia que yo *quería* contar.

No voy a mentir, yo quería que fuera ella quien bajara del avión en esa última escena, yo quería que ella y Sylvia —no la que escribe esto ahora, sino lo que yo había creado para este libro— se reencontraran en un largo abrazo, pero esa posibilidad era imposible también en la ficción. Piglia tiene razón, de veras que nunca nadie puede hacer buena literatura con historias familiares. Pero ¿cómo no intentarlo una y las veces que fuera necesario?

Éste es mi intento.

Y mi intento tomó años, pasé años de escribir y reescribir en su ausencia hasta que, créanlo o no, ella se hizo presente. En algún punto entre el 2009 y el 2010 ella volvió a nuestras vidas. Digamos, pues, que el personaje tomó cuerpo, forma, tomó las riendas de su vida y, en cierto modo, volvió a la nuestra. Patricia, después de años de procesos legales, logró separarse y quedarse con la custodia de sus hijos.

Mi hermana, como la hermana de la Sylvia de este libro, vive a más de 3 183 kilómetros de distancia, pero la siento más cerca que nunca. Mi hermana está a una llamada de distancia. Hablo con ella semanalmente, comparto con ella todo. Juntas, tan juntas como la tecnología lo permite, vivimos la muerte de uno de mis hermanos, la muerte de mi madre y luego la de su hija. Nosotras hablamos, reímos, lloramos, nos peleamos, nos reconciliamos, volvemos a empezar. ¿No es eso acaso lo que hacen las hermanas?

Agradecimientos

La protagonista de este libro navega un poco sola en su búsqueda, la autora no, yo no. Soy afortunada por haber sido acompañada por amigas que, maravillosas como son, me escucharon hablar de este texto durante años; gracias infinitas a Natalia Trejo, María Cabral, Raffaella Fontanot, Lorena Enríquez, Mónica Luna, Elizabeth Cejudo y Sabina Bautista. A Sara Uribe y Claudia Sorais Castañeda por el amor y la diaria complicidad. A Isabel Díaz Alanís, Yolanda Segura, Alaíde Ventura y Abril Castillo por el acompañamiento de toda y tanta escritura. A Diana Esparza por rescatarme más de una vez.

Agradezco también a Cristina Rivera-Garza y a mis compañeros del Laboratorio Fronterizo de Escritores, quienes hace años me ayudaron a hacer de una idea un texto. A Brenda Navarro y Alisma de León por hacer de *ese* texto un libro. A Eloísa Nava y Martha Ylenia Guerrero porque me ayudaron a que se volviera *este* libro: corregido, aumentado, aterrizado.

Gracias, por supuesto, a mi hijo, quien ha crecido oyendo esta historia y continúa sorprendiéndome con la suya. La deuda mayor, sin embargo, la tengo con mi hermana Patricia quien vierte luz en mi vida, y en la de tantas mujeres, siempre.

MAPA DE LAS LENGUAS UN MAPA SIN FRONTERAS 2022